たにざき じゅんいちろう

しゅんきんしょう

春琴抄

［日］

谷崎润一郎

著

竺家荣

译

陕西师范大学出版总社

图书代号：SK16N0114

图书在版编目（CIP）数据

春琴抄 /（日）谷崎润一郎著；竺家荣译 —西安：
陕西师范大学出版总社有限公司，2016.4
ISBN 978-7-5613-8379-7

Ⅰ. ①春… Ⅱ. ①谷… ②竺… Ⅲ. ①中篇小说—小
说集—日本—现代 ②短篇小说—小说集—日本—现代
Ⅳ. ① I313.45

中国版本图书馆 CIP 数据核字（2016）第 059351 号

春 琴 抄
CHUN QIN CHAO

[日] 谷崎润一郎 著　　竺家荣 译

责任编辑	焦　凌
特约编辑	陈　淡　陈艺恒
责任校对	王西莹
装帧设计	孙晓曦
出版发行	陕西师范大学出版总社
	（西安市长安南路 199 号　邮编 710062）
网　　址	http://www.snupg.com
经　　销	新华书店
印　　刷	山东临沂新华印刷物流集团有限责任公司
开　　本	880mm×1240mm　1/32
印　　张	6
字　　数	97 千
插　　页	4
版　　次	2016 年 4 月第 1 版
印　　次	2016 年 4 月第 1 次印刷
书　　号	ISBN 978-7-5613-8379-7
定　　价	29.80 元

读者购书、书店添货或发现印装有问题，请与营销部联系、调换。
电　话：（029）85307864　85303629　传　真：（029）85303879

译者序

　　谷崎润一郎（1886—1965），是享誉海内外的日本唯美派文学大师，素有大谷崎之称。创作时间长达半个世纪，为世人奉上了九十余篇脍炙人口的名作，以及随笔、剧作等。20世纪60年代，由美国作家赛珍珠提名诺贝尔文学奖。至今仍被评价为日本近代文学最具代表性的作家之一。

　　根据日本研究者的划分，谷崎文学可大致分为三个时期：初期（1910—1924）——以《刺青》为代表的耽美、"恶魔主义"时期，奠定了谷崎耽美文学的基调；中期（1928—1941）——移居关西后，回归日本传统的古典主义时期；后期（1943—1965）——"老年的性"时期。其重要代表作大多集中在中后期，但无论如何分期，谷崎润一郎毕生对美的执着探索，是其文学永恒不变的潜流。

本书所选的三篇小说《吉野葛》（1931）、《刈芦》（1932）、《春琴抄》（1933），侧重于介绍谷崎文学重大转折期（由初期转向中期）的重要代表作，虽然集中在三年之内，却涵盖了谷崎文学的主要几个方面的母题：永恒的女性（包括恋母情结），日本美学传统的继承，异常性爱，东方主义。

中篇小说《春琴抄》曾获得日本"每日艺术大奖"，它一问世，便得到了川端康成等大家们的高度赞誉。"可以与流行于19世纪法国颓废派艺术媲美的当代稀有的作家"（永井荷风），《春琴抄》的问世，标志着"出了个圣人，这是毋庸置疑的！"（正宗白鸟）。

《春琴抄》生动细腻地描写了盲女琴师春琴与仆人佐助之间既是师徒又是恋人的一世情缘。当春琴被毁容后，佐助因师傅最不愿意被他看到自己丑陋的容颜，竟毅然刺瞎了自己的双眼。但与此同时也使自己置身于与春琴同样的境遇里，更真实地感受到了她的痛楚，并且将师傅曾经的美貌永远定格在了自己的记忆当中，小说结尾通过禅师之口肯定了此举"转瞬之间断绝内外，化丑为美的禅机"，充分揭示了谷崎文学追求"永恒的女性"的一贯主题。

作品中体现出的女性崇拜，与初期的"恶魔主义"女性已有所不同。春琴虽然任性、严厉，却与其骄纵的小姐出身与盲人身份相符合，对婚姻的态度也是很认真保守的，一生只爱一个男人，并非以往的恶女形象。她虽然双目失明，却有着明眼人所不具备的另一种"观世音般慈目观众生"的美。而佐助对于春琴看似无条件地服从，却是为了成全自己的"永恒与幸福"。因为"现实中的春琴"是作为符合佐助的审美要求，适于幻想的对象而存在。正如小说中说的佐助是把"现实中的春琴乃是唤起他心目中那美好的春琴的一种媒介"。而春琴的形象又何尝不能视为作者借以呼唤心中"永恒女性"的媒介呢？

谷崎笔下描写出了众多不同类型的女性，他认为美的女人都是一样的。纵使具体每个人千差万别，但却都可以从中抽象出共同的美。

移居关西的谷崎，终于在日本民族精神家园的关西女性中找到了心目中最完美的"永恒女性"，并将这种女性描写在了之后的一系列作品中。经过《痴人之爱》《卍》等作品，他努力从官能性的自我陶醉中发现东方式的神秘幽玄，创造出了一种谷崎笔下的东方式的感觉美、虚幻美。这部承上启下的成功之作《春琴抄》,体现了作家回归传统的一种努力。与三年前的《痴人之爱》女主人公混血儿直美的西式美相对照即可发现,春琴的身高不足五尺,五官与四肢都极其娇小、纤细。而她的日本传统艺能的三弦琴师身份更体现了这一点。作者将她设定为盲人,置于黑暗世界,也未尝不让人联想作者对日本传统的阴翳美的偏爱。当完成长篇杰作《细雪》后,这位"永恒女性"便栩栩如生的屹立在世人眼前。

另外两部短篇小说《吉野葛》和《刈芦》,描写的则是恋母情结的主题。

从谷崎早期作品《恋母记》,到昭和初期的《吉野葛》与《刈芦》,再到昭和中期的《少将滋干之母》,最后抵达晚年的《梦浮桥》,"恋母"的内涵逐渐复杂、丰富、深刻起来,随着作者走到生命尽头,男主人公们也抵达了目的地,终于与"母亲"邂逅,与"母亲"化为一体了。幼年时期留下的母亲的美丽形象,可以说即是作者终生孜孜以求的完美的女性。 作为过渡期的作品,《吉野葛》里的母亲和《刈芦》里的阿游小姐并未直接出场,只出现在登场人物的叙述中。因此,儿子虽思念母亲,却最终不得相会，间接的描写，更加深了主人公的万般无奈与凄然感伤，渲染了虚无缥缈的意境。尤其是《吉野葛》里借用白狐弃子的传说，更是神来之笔，力透纸背地暗喻了人间的悲欢离合，实在是感人肺腑。

中后期，谷崎文学中的"永恒的女性"与不断深化的"母亲"形象逐渐融合而一，两个主题最终殊途同归，共同承载着谷崎对终极之美的探求。最终实现了作者对"美的永恒"希冀，与"美"化为了一体。

谷崎的小说即是日本传统美意识的文学呈现，他一生不遗余力地致力于传承日本传统审美意识的物哀之美、幽玄之美、自然之美、女性之美。他认为近代以来，原本早在紫式部时代就诞生的好色文学传统被逐渐淡忘，日本反而要"他山之石"来攻玉，他曾经在《恋情与色情》随笔中谈到"西方对我们影响最大的一点，我认为是'恋爱的解放'或者'性欲的解放'……我认为正如精神境界中有崇高的精神一样，肉体方面也应该有崇高的肉体，日本女性中拥有这种肉体者甚少……"

经过初期对西方颓废美的模仿阶段，谷崎文学逐渐过渡到对东西方的美兼收并蓄，尤其是从对女性的肉体膜拜中，探索何为日本式的完美女性之美。谷崎的美学方程式是复杂的抽象的感性的，他认为越是非理性的，越是诉诸感官的，就越是刺激，越是具有强烈的美感。美的女性都是一样的，具有共同的特征。越是远离世俗规范的美，越是具有无穷的魅力，在这个意义上，与《恶之花》是一脉相承的。谷崎只有"置身于地狱之中"，方可窥见那惊心动魄的恶之美。

综上所述，谷崎最终抵达的美学境界，是否可以说是幽玄之境呢。"幽"有微弱之意，同时也有深奥的含义。"玄"则有深远的道理之意。整个词的意思可以解释为难以言表的微妙的神秘境界。幽玄在某种意义上与阴柔相通，与女性相通，也与深层的感受性、深不见底的人性相通。联想到谷崎深谙禅的"心中万般有"的境界，在他墓碑的两块青石上还分别刻了"空""寂"二字，那么，"空""寂"的幽玄便超越了感觉的局限，发展为一种精神性、内在性，达到了"有即是无，无即是有"的意识层次的幽玄世界。

对于谷崎作品中的施虐等性爱描写，人们往往或片面夸大或视而不见或津津乐道，这些读解恐怕都会导致对作品的误读。不可否认，每个作家的创作都会受到时代与自身的局限影响，如何从中汲取美，扬弃丑，有赖于读者的文学修养。经过半个多世纪的历史沉淀，谷崎文学不断被人们重新认识、发掘，相信今后其文学价值会得到更恰当的评价。

无论能否读懂谷崎，他的文学带给世人的唯美感受与震撼都使他青史留名。

从《源氏物语》到谷崎润一郎，再到川端康成，历代日本文人对美的认识和不懈追求，即是物哀，即是幽玄，即两千年的日本美意识。谷崎最终通过继承日本传统美学的物哀与幽玄，抵达了艺术的彼岸。

目　录

春琴抄

春琴氏，本名鵙屋琴[1]，生于大阪道修町一药材商家，殁于明治十九年[2]十月十四日，其冢位于市内下寺町某净土宗寺院内。前不久，我路经此地时，忽萌生借此机会去拜祭其墓之念，于是进得寺内，请僧人指路。

　　"鵙屋家的墓地在这边。"杂役僧带我去了正殿后面。只见一簇山茶树树荫处排列着好几座鵙屋家历代祖坟，独独不见春琴之墓。"多年前，鵙屋家曾经有过这样一位女子……她的墓在哪里呢？"我描绘着春琴的模样问道。杂役僧略加思索，答曰："如此说来，那边高坡上的说不定是她的墓。"随即引我朝东面的阶梯状陡坡走去。

　　众所周知，下寺町东侧的后方高耸着一处高台，上面建有生

---

① 鵙屋：日本姓氏。鵙，即伯劳鸟。

② 即公元 1887 年。

国魂神社①，这陡坡便是由寺院内通向那个高台的斜坡，那里是大阪市内难得一见的树木繁茂之所。琴氏的墓就建在那斜坡中段一小块平整出来的空地上，墓碑正面刻有她的法名"光誉春琴惠照禅定尼"，背面刻的是"俗名鵙屋琴，号春琴，明治十九年十月十四日殁，享年五十八岁"，侧面刻着"门生温井佐助恭立"的字样。尽管琴氏一生没有改娘家姓，但由于她与"门生"温井检校②过着事实上的夫妻生活，故而其墓稍稍偏离鵙屋家祖坟，另择一处安放吧。据杂役僧说，鵙屋家早已没落，近年来鲜有族人前来祭扫，即便来了也几乎不来祭奠琴氏的墓，所以他没有想到这个墓会是鵙屋家族人的。

"如此一来，这亡魂岂不成了无缘佛③吗？"我问道。杂役僧答曰："不能说是无缘佛，有一位住在萩茶屋那边的七十岁左右的老妇，每年都会来祭扫一两次。她祭扫过这个墓之后，"他指着春琴墓左边的一座墓说，"你看，这里不是有块很小的墓碑吗？她还要给这座墓焚香供花，请和尚诵经的费用也是她出的。"

我走到杂役僧指点的小墓碑前，只见其碑石只有春琴墓碑的一半大小，碑石正面刻着"真誉琴台正道信士"，背面刻着"俗名温井佐助，号琴台，鵙屋春琴之门人，明治四十年十月十四日殁，

---

① 生国魂神社：大阪最古老的神社，现在是著名旅游景点。

② 检校：盲人乐师最高一级的职称。

③ 无缘佛：指无人祭扫的坟冢。

享年八十三岁"。原来这是温井检校的墓。关于那位萩茶屋的老妇人，后面还会谈及，此处暂且略过。只是此墓比春琴的小，且碑上刻有"鵙屋春琴之门人"，足见检校死后也恪守师徒之礼。

此时，血色残阳刚好红灿灿地照射在墓碑正面，我伫立于山丘上，俯视展现在眼前的大阪市全景。想来这一带早在难波津①时期便是丘陵地带，朝西的高台由此处直通天王寺那边。而今，煤烟已熏得再不见葱翠草木，高大的树木皆是枯枝败叶，积满尘土，好不煞风景。当初修建这些墓地时，想必是苍松翠柏，满目苍郁吧？即使是现在，作为市内的墓地，这一带也属于最幽静、视野最开阔之地。因奇妙因缘而相伴一生的师徒二人长眠于此，俯瞰着暮霭下屹立着无数高楼大厦的东洋最大的工业都市。然而，大阪已今非昔比，检校在世时的模样早已无可寻觅。唯有这两块墓碑，仿佛仍在相互诉说着师徒间的深厚情缘。

温井检校一家信奉日莲宗②，除检校外，温井家的墓都建在检校的故乡——江州日野町的某寺院里。唯独检校背弃祖辈的宗旨，改信了净土宗。此举乃是出于殉情之念，以便死后也守在春琴身边。据说早在春琴生前，师徒二人就已商定了死后的法名、两块墓碑的位置及比例等。据目测，春琴的墓碑约高六尺，检校的碑高似乎不足四尺，两块墓碑并排立于低矮的石坛上。春琴墓的右侧种有

① 难波津：大阪市的古称。

② 日莲宗：日本的佛教宗派，镰仓时代成立，创始人为日莲上人。

5

一棵松树，葱绿的枝叶伸向墓碑的上方，恰似屋檐遮盖其上。在那松荫未能遮盖的左侧两三尺远的地方，检校的墓犹如鞠躬般侍坐一旁。见此景象，不禁令人推想检校生前侍奉师傅时那恭谨有加、如影随形的光景，恍惚觉得这石碑有灵，今日仍在享受往日的幸福一般。我在春琴墓前恭恭敬敬地跪拜之后，伸出手去抚摸检校的墓碑顶部，在山丘上逗留良久，直到夕阳隐没在大都市的远方。

我近日获得的一些书籍中有一本薄薄的线装印本，书名是"鵙屋春琴传"，约莫三十页，以四号铅字印在和制抄纸①上。此书乃是我知晓春琴其人的端绪。据我推测，它应该是徒弟检校在春琴三周年忌时请人编写的师傅传记，为的是送与来客留念，故而采用文言文写就，且以第三人称称呼检校。不过，素材无疑是检校提供的，或将此书的真正作者视为检校本人亦无不可。

此传所载："春琴家，世代称鵙屋安左卫门，居大阪道修町，经营药材，春琴父乃第七代掌柜也。母繁氏，出身京都麸屋町迹部氏家，出嫁安左卫门家后育有两男四女。春琴为次女，生于文政十二年②五月二十四日。"又曰："春琴自幼颖悟，姿态端丽优雅，其美无可比拟。四岁习舞，生来知晓举止进退之法，举手投

---

① 和制抄纸：不使用黏着剂，将葡蟠、瑞香等植物的浆液过滤而成的纸张。

② 文政：仁孝天皇的年号，文政十二年是公元 1829 年。

6

足婀娜多姿，虽舞伎亦不能及。其师常啧啧称奇，喟叹曰：'嗟乎！此女以其才其质，可期扬娇名于天下，然生而为良家女子，不知谓之幸焉？不幸焉？'且自幼读书习字，长进颇速，竟至二兄之上。"

倘若这些记述出自奉春琴若神明的检校之笔，其真实程度不知可信几分。不过，春琴天生"端丽优雅"之句，确有诸多事实可以为证。彼时妇人的身材大都低矮，据说春琴身高亦不足五尺，面庞及手足均小巧纤细。从今日尚存的一张春琴三十七岁时的照片来看，她有着一张眉目清秀的瓜子脸。那妩媚柔美的五官，宛如用纤纤玉指细细捏就一般精巧玲珑，仿佛随时会消失不见。由于这照片毕竟是明治初年或庆应①年间拍的，相纸上星星点点，就如记忆因年代久远而变得模糊一般，故而给人留下了如此感觉吧。不过，从这张朦胧的照片中，除了可以看出大阪富商家女子的优雅气质外，她给人印象浅淡，虽容颜美丽却缺少个性。说到年龄，若说她此时三十七岁自然不错，但也未尝不像二十七八年纪。

拍这张照片时，春琴氏已双目失明二十余载，但看上去并不感觉她已失明，倒像是闭着眼睛。佐藤春夫②曾说："聋者看似愚人，盲者看似贤者。"只因聋者每当听人说话时，会蹙起眉头，张

---

① 庆应：日本年号，指公元 1865 年到 1868 年期间。

② 佐藤春夫（1892—1964）：日本小说家、诗人，著有《野菊之墓》《田园的忧郁》
等作品。

口瞠目，或斜首或仰面，给人呆头呆脑之感，而盲人则默然端坐，低眉垂首，宛如瞑目沉思，俨然深思熟虑者，故有此说。不知此说能否适用于一般。恐怕是由于我们已经看惯了佛或菩萨之目，即所谓"慈眼观众生"的慈眼乃半开半闭，便觉得闭着眼睛比睁着眼睛更为慈悲、吉祥，有些场合还会生出敬畏吧。也许是因为从春琴那紧闭的眼睑中也能感觉她是一位非常温柔善良的女子吧，看此照片时竟如瞻仰一幅古旧的观世音菩萨画像般，隐约感受到了慈悲。据说，前后都算上，春琴的照片也只此一张，因为在春琴幼年时，摄影术尚未传入日本，而且拍这张照片那年她又遭遇意外之灾，而后绝不留影。我们除了借此张模糊的照片来想象她的风姿容貌外，别无他途。

看了以上说明后，读者眼前会浮现出一副怎样的容貌呢？恐怕只能在心里描绘出残缺不全的朦胧形象吧。其实，即使看到这张照片，春琴的形象也未必会更清晰。说不定，照片比读者想象出来的更加模糊也未可知。想来春琴照这张照片时，即三十七岁那年，检校也已成了盲人，因此可以认为，检校在世时最后看到的春琴容貌应与这张照片相近。那么，检校晚年时留在记忆中的春琴模样，会是这种模糊不清的形象吗？不然就是检校借想象弥补着那渐渐变得淡薄的记忆，从而一点点虚构出了与春琴迥然不同的另一位高贵女子吧。

《春琴传》接下来记述："因而双亲视春琴如掌上明珠，唯宠此女，其余五兄妹不能及。春琴九岁时，不幸患眼疾，不几日，双目完全失明，双亲悲痛万分。其母怜惜爱女遭此不幸而怨天尤人，一时如癫若狂。春琴从此断弃习舞之念，专心学习古筝、三弦琴，发奋钻研丝竹之道。"

至于春琴究竟患的是何种眼疾，书中未说明。传记中的记载仅止于此，但检校后来曾对人说过这样一番话："正所谓树大招风！只因师傅才艺容貌出类拔萃，一生之中竟两度遭人忌恨，师傅如此命运多舛，完全是这两次灾难造成的。"联想此番话，似乎其间另有隐衷！检校还说过："师傅得的是风眼①。"据说春琴自幼娇生惯养，难免有些骄矜，但言行举止极其可爱，对下人十分体贴，加上个性活泼开朗，与人相处和睦，兄弟姊妹亦友爱无间，受到全家人的喜爱。只有小妹的乳母不满春琴父母偏向此女，一直对她怀恨在心。众所周知，风眼这种病乃是花柳病菌侵入眼黏膜引发的，因此检校的言外之意是这位乳母用某种方法致使春琴双目失明。不过，难以判断检校此话是握有真凭实据呢，还是他个人的猜想。从春琴日后的火暴脾气来看，不能不让人猜疑或许就是这一事件改变了她的性情。不仅如此，检校因过于同情哀叹春琴之不幸，言辞间往往不知不觉流露出中伤、诅咒他人的倾向，所以不可完全相信他

---

① 风眼：淋菌性结膜炎在日本的俗称。

的话，乳母嫉恨云云说不定也只是检校的臆测而已。总而言之，我在此有意不究原因，只说明春琴九岁时已双目失明足矣。

传记还称："春琴从此断了习舞之念，专攻古筝、三弦琴，立志于丝竹之道。"换言之，春琴之所以移情于抚琴，乃双目失明所造成。据说她本人也认为自己的天分其实在舞艺上。她常常对检校诉说："夸赞我古筝和三弦琴弹得好的人，是因为不了解我。要是我眼睛能看见，绝不会移情于琴的。"这话的言外之意就是"在我不擅长的琴曲方面尚且如此，何况其他……"，由此可窥见她自负的一端。不过，这些话也可能被检校多少润色过了，至少不排除这样的可能性：检校听到春琴一时兴起随口说的这番话，感慨系之并铭记于心，为美化春琴而赋予其深意。

前面提到的那位住在萩茶屋的老妇人，名叫鸭泽照，是生田流①的勾当②，曾殷勤侍奉过晚年的春琴和温井检校。据这位勾当说："听说师傅（指春琴）舞艺非常好，而古筝和三弦琴也是从五六岁时起跟着春松检校学艺，而后一直勤学苦练，因此并非失明以后才改学丝竹的。听检校说，良家女子自幼学艺是当时的习俗。师傅十岁时，便能记住《残月》③这种高难度的曲子，并能独自用

① 生田流：筝曲鼻祖之一，创始人是京都的生田检校（1656—1715），主要在关西流传，着眼点在乐器而不在唱。

② 勾当：官阶次于检校的盲人乐师。

③《残月》：生田流的筝曲之一，作曲者是大阪的峰崎勾当。为追悼弟子之死于一周年忌时所作的祈福曲，后广为流传。

三弦琴弹奏出来。可见，在音乐方面，师傅也具有凡人不能企及的天赋，只不过是双目失明后丧失了其他乐趣，便对此道愈加精益求精，刻苦钻研了。"此说大抵属实，说明春琴的真正天赋原本就在音乐方面，而她在舞艺上到底造诣如何，反倒让人生疑了。

虽说春琴刻苦钻研音曲之道，但她本是不愁生计的富家千金，起初并未打算靠此艺谋生。后来春琴以琴曲师傅自立门户，乃其他原因所致。即使自立之后，她也并未以此为生，因为每月道修町的父母会送钱来，其数额绝非教授琴曲的收入可比。然而，这么多钱依然不足以支付她奢侈铺张的开销。这说明初时春琴并没有考虑到将来，纯粹是出于自己的喜好钻研技艺，其天赋才华加上后天勤勉的助力，使她进步飞速。"十五岁时，春琴已是技艺超群，即便在同门子弟中，也无人可与春琴比肩。"这一记述应该是真实的。

鸨泽勾当说过："师傅常常自豪地说：'春松检校是一位要求极严苛的先生，但我从未受过他的斥责，反倒多次得到先生的称赞。每次去学艺，先生必定亲自给我示范，非常和蔼耐心，所以我完全体会不到别人惧怕先生的心情。'师傅没有尝过学艺之苦，却达到如此高度，正是师傅的天分使然啊。"

春琴乃是鸨屋家的千金小姐，纵然是严师，也不可能像训练一般艺人之子那样严厉，多少会把握些分寸。加之春琴虽生于富家却不幸成了一位盲人，对这般可怜的少女，师傅自然会抱有庇护之情吧。不过最重要的，还是因为师傅检校爱惜、看重春琴的才华。他关心春琴胜过关心自己的孩子。春琴偶有微恙而缺席时，他会立即差人去道修町探问或亲自拄杖去探望。他为自己有春琴这样一个徒弟而自豪，常向人夸耀，还在同业的门徒们聚会的场合对他们训诫：你们都要以鹏屋家小阿姐为楷模！（在大阪，人们把富家小姐称作"大姐"或"阿姐"。与姐姐相对应，对妹妹称呼"小大姐"或"小阿姐"。这种称呼沿袭至今。春松检校也曾当过春琴姐姐的师傅，与其家人关系亲密，所以这么称呼春琴吧。）你们不久就要凭这本事吃饭了，技艺却不及一个学着玩的小阿姐，那怎么能行啊。当听到有人责怪他过分偏爱春琴时，他振振有词地答曰："简直是胡说。为人师者，对徒弟要求严格才是真正关爱学生。为师从没有责骂过春琴那个女孩子，正说明对她不够关心。这孩子天生就是个学艺的坯子，悟性极好，哪怕为师放任自流，她也自会达到应有的水平。如若认真加以指点，她必将后来居上。如此一来，你们这些从艺者岂不颜面扫地？与其将这样生于富贵人家不愁吃穿的女子教授得出类拔萃，不如培养天性愚钝者到能以此自立。出于这个心思，为师才这般尽心竭力教授你们，可你们却完全不能理解为师这片苦心！"

春松检校的家在靭町，离道修町鵙屋家的店铺约有十町左右[①]的距离。春琴每天在小伙计的搀扶下，前去学艺。这小伙计是个名叫佐助的少年，也就是后来的温井检校。他和春琴的因缘即萌生于此时。

如前所述，佐助是江州日野町人，家中也是开药铺的。据说他的父亲和祖父在学徒时期都曾来到大阪，在鵙屋药店做过伙计。所以，对佐助来说，鵙屋家是他家祖祖辈辈的东家。佐助长春琴四岁，是十三岁时来鵙屋家做学徒的，也就是春琴九岁失明那年。因此佐助来到鵙屋家时，春琴已经永远闭上了她那双美丽的眼睛。佐助从未曾见过春琴的明亮眼眸，但他直到晚年也不曾抱憾，反而觉得无比幸福，因为如果看到过春琴失明前的模样，或许会觉得她失明后的相貌有缺憾吧。因此，在佐助眼里，春琴的容貌没有丝毫缺憾，从一开始就是完美的。

现今，大阪的上流家庭竞相移往郊外居住，大家闺秀们也喜欢上了体育运动，经常去野外接触空气和阳光，所以，从前那种大门不出二门不迈的深闺佳人已经没有了。但是，现今还住在市区的孩子们，体质大都比较纤弱，脸色苍白，与那些乡间长大的少年少女全然不同，说得好听些是白皙文静，说得难听些就是一种病态。这种现象不仅限于大阪，大都市里都差不多。唯独江户是

---

① 町：日本长度单位，1町约为109米。

13

个例外，连女子都以肤色微黑为美，自然不及京阪人白净。

像大阪老式家庭中长大的哥儿那样，男人们都如同戏台上的年轻男角，身形纤细，弱不禁风，直到三十岁前后，肤色才逐渐变深，脂肪增多，身体骤然发福，有了绅士派头。但在之前，他们肤色和女人一样白皙，衣着喜好也颇有脂粉气，更何况旧幕府时期富裕商家的娇小姐了。她们生长在空气流通不畅的深闺中，与世隔绝一般，肌肤更是雪白细腻得近乎透明。在来自乡下的少年佐助眼中，这些女子不知有何等妖艳呢！那时，春琴的姐姐十二岁，大妹妹六岁，在初次进城的乡巴佬佐助看来，每位小姐都是穷乡僻壤罕见的美少女，尤其是双目失明的春琴。她身上不寻常的气韵打动了佐助的心，他甚至认为，春琴那双闭着的眼睛比她姐妹睁着的双眸更加明亮、更加美丽动人，这张脸若不配上这样一对闭着的眼睛，反倒不好看了，她本来就该是这样闭着眼的。

大多数人都夸赞四姐妹中春琴长得最美，即便如此也很难说没有几分怜悯春琴是个盲人的感情起作用，只有佐助与众人不同。多年后，人们说佐助爱上春琴乃出于同情和怜悯，佐助对此十分厌恶，他万万没有想到竟然会有人这样看他。佐助说："对师傅的容颜，我从没有产生过什么可惜或可怜的念头。同师傅相比，倒是眼睛看得见的人更可悲呢！以师傅那样的气质和才貌，何须乞求别人的同情，倒应该是师傅怜悯我，说：'佐助，你真可怜。'我和你们这些人，除了眼睛、鼻子不缺外，哪样都比不上师傅。其实我们才是真正的残废呢。"不过，这些是后话，起初佐助多半是把自己炽热的崇拜深埋在心里，尽心尽力伺候春琴的。或许佐助当时没有意识到自己对师傅的爱吧，即使意识到了，对方是天真无邪的小阿姐，而且是自己家好几代的东家的小姐，能有幸能成为小姐的随从，每天接送小姐去学艺，佐助已经得到慰藉了。想来佐助只是一个新来的小学徒，竟被派给这么金贵的小姐，牵着她的手带路，岂不叫人纳闷？其实，起初并没有固定由佐助一人带路，有时由女仆陪同，有时是其他家童、小伙计。但是，有一次，春琴说道："我想要佐助陪同。"从此往后，这引路人的差事便固定给佐助一个人了。其时，佐助已十四岁。他对获此殊荣感激涕零，每天握着春琴的小手，走上十町的路，送春琴去春松检校家学艺，等春琴上完课再牵着她的手领回家来。一路上，春琴几乎不说话。只要小姐不开口，佐助便沉默着，小心谨慎地领着小姐走路，尽量不出什么差错。每当有人问春琴"小阿姐为什么喜欢要佐助陪呀？"的时候，春琴总是回答："因为他比别人都老实，从来不说无用的话。"

前面已经交代过，春琴原本非常可爱，对人和蔼，但是自双目失明后，性格变得乖僻忧郁，很少开怀大笑，也不爱说话了。因此，佐助不多嘴多舌，只是小心翼翼地尽心服侍，不惹她心烦，这一点大概正合她的意吧。（佐助曾说"我不愿看到春琴的笑容"，可能是因为盲人笑的时候显得憨傻，很可怜，让他在感情上无法忍受吧。）

　　那么，春琴所说的佐助不多嘴多舌、不惹她心烦等，到底是不是她的真实想法呢？莫非春琴朦朦胧胧地感受到了佐助对自己的爱意？尽管她还是个孩子，也不免心里喜欢吧。她只是个年仅十岁的少女，似乎不大可能，但考虑到春琴这般聪颖早熟，加上双目失明导致她的直觉变得格外敏锐，也不能说这是异想天开的臆测。春琴气性清高至极，即使日后意识到了自己对佐助的恋情后也没有轻易打开心扉，很久都没有接纳佐助。因而，虽说对这一说法多少有些疑问，但至少表面上看，佐助这个人最初在春琴心里几乎是没有什么位置的——至少佐助自己这么认为。

　　每次搀扶春琴时，佐助总是把左手伸至春琴肩部的高度，手掌向上，等待春琴的右手放上来。对春琴来说，佐助不过是一只手掌而已。有什么事要使唤时，她也是只用手势或颦眉来表示，或像打哑谜般自言自语两句，从不明确表达自己的意思。如果佐助一不留神，没有注意到，她必定不高兴。因此，佐助必须随时保持紧张状态，察言观色，以免漏掉春琴的表情和动作，仿佛在接受"注意力测试"一般。

　　春琴本是个被娇惯坏了的任性小姐，加上盲人特有的刁难心态，使佐助不敢稍有疏忽。有一次去春松检校家学艺，正在按顺序

16

等候上课的时候，佐助忽然发现春琴不见了，不禁大吃一惊，在周围寻找一圈后，才发现春琴不知什么时候自己摸索着去了厕所。以往春琴要解手都是默不作声地走出去，佐助注意到后便会立刻追上去，牵着她的手，引她到门口，自己在门外候着，等春琴出来后再用水勺舀水给她洗手。但是，佐助这天稍不留神，春琴独自摸着上厕所去了。当她出来正要伸手取水盆里的勺子洗手时，佐助才跑了过来，声音颤抖地说着："太对不起了。"但是，春琴摇着头说："不用了。"这种情况下，如果一听春琴说"不用了"便回答一声"遵命"，顺从地离开，后果就更糟糕，最好的办法是从她的手里把勺子夺过来，为她浇水洗手，这就是伺候春琴的秘诀。还有一次，在一个夏日的午后，也是在师傅家等候上课时，佐助站在春琴身后，春琴自言自语地吐出一句："好热啊。"佐助便附和道："的确是很热。"但是，春琴没有再说话。过了片刻，春琴又道："好热啊。"佐助这才醒悟，马上拿起手边的团扇，从背后给春琴扇扇子，她才露出满意的表情。不过，只要扇得稍微轻了点儿，春琴就会马上连呼"好热、好热"。

由此可见春琴多么倔强而任性。实际上，她只对佐助一个人这样，对其他仆人并非如此。春琴本已养成这种个性，再加上佐助对她百依百顺，使她的骄纵任性在佐助面前变得无以复加。春琴觉得佐助好使唤，想必也是这个原因。佐助也不觉得伺候春琴是一件苦差事，反而乐在其中。他大概是把春琴这种刁蛮任性，看作是对自己的依赖或一种恩宠了吧。

春松检校教授技艺的房间位于内院的二楼上，轮到春琴练习时，佐助便领着她走上楼梯，扶着她在检校的对面坐好，再把古筝或三弦琴摆在她面前，然后自己下楼返回休息室等候。授课结束后，他再上楼去接。在等候的这段时间里，佐助当然也不能松懈，要时刻竖起耳朵倾听课是不是快上完了。一结束，不等主子召唤，他就得赶紧起身上楼迎接。一来二去，春琴所学入了佐助的耳朵，也就不足为怪了。佐助对音乐的兴趣就是这样逐渐养成的。佐助后来成为琴曲行当的一流大家，一方面是他有音乐天赋，但如果没有伺候春琴的机会，没有时时处处渴望与春琴融为一体的炽烈爱情，他也只能成为一介开设鸠屋分号的药材商，平庸终此一生罢了。后来，佐助双目失明，获得检校称号后，仍经常表示自己的技艺远不及春琴，完全是凭借师傅的教导才有今日成就的。由于佐助一向把春琴捧上九天之高，一而再再而三地贬低自己，所以他的话自然不能全盘取信。技艺的优劣姑且不论，春琴更有天赋而佐助更勤奋刻苦，是毋庸置疑的。

佐助为了悄悄购置一把三弦琴，从十四岁那年年底开始，将东家平日里给的津贴及送货时货主给的赏钱等攒起来，到了第二年夏天，终于买了一把粗劣的练习用三弦琴。为了不被掌柜发现，佐助分两次把琴杆和琴身藏在睡觉的阁楼上，每天夜里等其他伙计睡着后才开始练习。当然,佐助当初来鵙屋家当学徒是为了继承家业,根本不曾想过自己将来会以音曲为业,也没有这样的自信。这完全是出于对春琴的忠心,只要是她喜爱之物,自己也要喜爱起来——竟痴迷到这般地步。佐助丝毫没打算把学习乐曲作为获得春琴爱情的手段,他竭力不让春琴知道自己在学琴一事即可证明。

由于佐助和小伙计、小学徒等五六个人睡在一间站直了会碰到脑袋的低矮阁楼里,他以不妨碍其他人睡觉为条件,央求众人为他保守这个秘密。这些伙计正当贪睡的年纪,一躺倒在床上便呼呼睡死了,自然没有一个人抱怨。但佐助还是等到大家都睡熟后才爬起来,钻进已拿空了被褥的壁橱中,练习弹三弦琴。正值盛夏之夜,那阁楼上已相当闷热,关在壁橱中可想而知有多么热了。但是这样既可以防止琴声传出去,还可以把打鼾声、梦话之类响声挡在壁橱外。当然,佐助只能用指甲弹奏,不能用拨子。他在没有灯光的一片漆黑中摸索着弹奏,但丝毫不觉得有什么不便。盲人总是待在这种黑暗中的,小阿姐也是在这种黑暗里弹三弦琴的。一想及此,自己也能置身于同样黑暗的世界里,令他感到快乐无比。直到后来,得到公开练习三弦琴的许可后,佐助说:"若是不和小阿姐一样就对不住她!"所以每当拿起乐器时,他就闭上眼睛,并逐渐养成了习惯。也就是说,佐助虽然不瞎,却想要经受与盲人春琴同样的苦难,尽可能去体验那种不方便的境况,有时简直像羡慕盲人似的。他后来真的成了盲人,也非偶然,与少年时代就有这种慈悲心是分不开的。

不论弹奏何种乐器，要达到炉火纯青的程度绝非易事，况且小提琴和三弦琴杆上没有任何音阶标记，每次弹奏前都得调弦，这更是难上加难，想演奏曲子谈何容易，因此最不适合自学，何况当时还没有乐谱。人们都说"若拜师学习，古筝三月，三弦琴须三年。"佐助没有钱买古筝那么贵的乐器，再说他也不能把那么大的器物搬进学徒住的地方来，无奈只好从三弦琴起步。据说佐助一上手就会调弦定调，这表明至少他辨别音准的天赋要比一般人高，同时也足以证明佐助平时陪伴春琴去检校家，在外面等候时是多么全神贯注地在倾听他人习琴！音准、曲词、音高、曲调，一切他都得靠耳朵来记忆。就这样，从十五岁那年的夏天开始练琴，在半年左右时间里，除了同屋的几个人外，他一直没有被人察觉，直到这一年冬天发生了一件事。

一天拂晓，说是拂晓不过是冬天凌晨四点钟光景，外面还是一片漆黑，鹈屋家的女主人，即春琴的母亲繁氏起来如厕，隐约听见有人在弹《雪》[①]，也不知是从哪里传出来的。古时有"寒练"一说，就是在寒冬腊月的拂晓时分，冒着凛冽的寒风苦练基本功。然而这道修町一带多是药材铺，街坊四邻都是规矩的商家，并没有艺

---

①《雪》：地方歌谣中的三弦琴名曲。江户末期，峰崎勾当作曲，表现了雪静静飘落的意境。

能界的师傅或从艺者居住，也没有一户从事不正经生意的人家。再说，此时正夜阑人静，即使是寒练也太早了些。若真是寒练，也该用拨子着力拨动琴弦，怎么会用手指轻轻弹奏呢？而且还反复地练习一个音节，直至弹奏准确为止，可知此人练琴极其刻苦认真。当时，鸱屋家的女主人虽感惊讶，也没太当回事，回屋去睡了。从那往后，女主人只要夜里起来如厕，便会听到琴声。如此两三次后，她对别人一说，对方也附和道："这么说来，我也听到过。不知是什么人在弹呢？似乎不像是狸鼓腹①的声音啊。"当伙计们还一无所知时，此事已经在内宅传开了。

　　佐助若是整个夏天一直躲在壁橱中练习，也便无事，可他感觉没有人发现，胆子渐渐大了起来。加上他一直是利用店里繁忙活计的片刻间歇来补充睡眠，坚持夜间练琴的，因此日渐睡眠不足，一到暖和的地方就犯起困来，于是从秋末开始，他每夜悄悄地跑到晾台上去练琴了。佐助总是在亥时即晚上十点钟和大家一起就寝，到三点钟左右醒来，抱起三弦琴去晾台，在瑟瑟寒气中独自练琴，直到东方微微发白再回去睡一会儿。大概是因为佐助偷偷去练琴的那个晾台就在店铺的屋顶上，因此，比起睡在晾台下阁楼里的伙计们，倒是睡在隔着中庭花木的内宅的人，一打开檐廊上的防雨窗便会听到佐助练琴的声音。

---

① 狸鼓腹：日本民间传说中，有狸猫会在过节时，半夜鼓起肚皮当鼓敲，拍腹自乐。

鉴于内宅出现这样的议论，主人挨个查问了店员们，终于搞清楚是佐助在练三弦琴。不消说，佐助立刻被掌柜叫去，挨了一顿训斥，并被警告下不为例，否则没收三弦琴。就在此时，有人从意料不到的地方对佐助出手相救——内宅有人提出"不妨先听听佐助弹得如何再说"，主张者正是春琴。佐助原以为若春琴得知此事必定不高兴。自己身为小学徒，本应老老实实尽到领路的本分，却做出如此不知天高地厚的事来，也不知春琴会可怜还是嘲笑呢，反正不会有什么好事。所以，佐助一听到内宅表示"让他弹一曲来听听吧"时，反而畏葸不前了。他想，倘若自己的真诚能够上通神明，打动小阿姐的心，自然是三生有幸。但他还是觉得，春琴此举只不过是拿他开心，半是戏弄一番罢了。再说，自己也没有在众人面前奏曲的自信。

　　可是，既然春琴提出要听听，无论自己如何推辞，她也不会允许的，她的母亲和姐妹们也都十分好奇，佐助遂被唤至内宅，给她们表演私下练习的技艺。对佐助说来，这实在是从所未见的场面。当时，佐助已经好歹学会了五六支曲子，当春琴命他"把你会的全部弹一遍"时，佐助只好壮着胆子，十二分卖力地将自己所会的逐一弹了一遍。有较容易的《黑发》①，也有较难的《茶音头》②，还

———————————

①《黑发》：长歌谣的曲名，内容表现女子的妒忌，在大阪广为流行，常作为学习三弦琴入门时的初级练习曲。

②《茶音头》日本地方歌谣。原是一种筝曲，后由菊冈检校改编为三弦琴曲，旋律轻快，长度适中，成为生田流的流行曲。

有一些平日零敲碎打凭着耳听心记学来的曲子，因此难易不均，杂乱无章。或许如佐助所猜测的那样，鸥屋家的人原本是打算拿他取笑取笑的，没想到听了弹奏，发现他在如此短的时间里居然无师自通，不但指法准确，曲子也弹得有模有样的，众人都非常赞叹。

《春琴传》中记载："彼时春琴爱怜佐助之志，曰：'汝诚心可嘉，日后妾愿教汝习琴，汝有余暇，可随时问教于为师，切望勤勉精进。'春琴之父安左卫门，亦首肯此事。佐助喜出望外，从此往后恪尽学徒本职之余，每日必定挤出时间，仰承师教。如此这般，十一岁少女与十五岁少年，于主仆外又结师徒之契，实乃可喜可贺。"

脾气乖戾的春琴突然变得对佐助如此温情，究竟何故？据说，此事并非春琴的意思，而是周围的人有意促成。细想一下，一个双眼失明的少女，即使生活在优裕的家庭里，也往往会感到孤独，心情忧郁。因此，双亲自不待言，就连众女仆也会觉得小姐难伺候，正苦于没有什么办法能使小姐心情舒畅之际，恰好发现佐助试图投合春琴情趣一事。为春琴的任性而大伤脑筋的内宅仆人们，便想趁此机会把伺候小姐的苦差事推给佐助，自己多少可以轻松一些，于是怂恿春琴："这佐助真是非同一般呐。若能得到小阿姐的精心教导，他会怎么想呢？一定会无上欢喜，对小姐感恩戴德的吧……"

问题是如果怂恿过了头，脾气古怪的春琴未必会中这些人的圈套。只不过因为事到如今，连春琴也不觉得佐助可恶，而是从心底涌起了春潮也未可知呢。不论怎么说，春琴提出收佐助为徒，对春琴的双亲、兄弟和众仆人而言是求之不得的好事。至于一个十一岁的女孩子，纵然天资聪颖，究竟能否担起师傅之责，谁也顾不上考虑了，只想如此一来可以排遣春琴的寂寞，身边的人都可以轻松了，说穿了，这不过是搞了个"当老师"游戏，命佐助当学生，陪着春琴玩罢了。与其说这是为佐助着想，不如说这是为了春琴的安排才对。不过，从结果来看，倒是佐助获得的恩惠更多。《春琴传》中虽有"此后恪尽学徒本职之余，每日必定挤出时间，仰承师教"的记载，但佐助每天牵着春琴的手为她领路，一天中有数小时花在伺候春琴上，现在又加上被她唤到房里去学习音乐，想必无暇顾及店里的活计了。安左卫门虽然觉得人家是为了培养孩子将来经商，送来当学徒的，自己却让他陪伴女儿，怪对不起孩子老家父母的，但是考虑到让自己女儿快乐比一个学徒的将来更重要，况且佐助自己也希望这样便默许了——姑且先这样顺其自然吧。佐助称春琴为"师傅"，便是从这时候开始的，平时可以称"小阿姐"，但上课时，春琴要求佐助必须称她为"师傅"。她自己也不再叫他"佐助君"，而是直呼"佐助"。这一切做法均照搬春松检校对待弟子之法，彼此间严守师徒之礼。如人们所希望的那样，天真无邪的"当老师"游戏一直继续下去，春琴也乐在其中，忘却了孤独。

然而年复一年，两人丝毫没有要中止这场游戏的意思。过了两三年后，师傅也好，徒弟也罢，竟然都脱离了游戏的层次，渐渐认真了起来。春琴每天下午两点钟左右，去靱町的检校家学艺，学习三十分钟至一个小时，回到家中后复习当天的功课直至日暮。晚饭后，兴致好时，她就会把佐助唤至楼上的闺房里，教他学艺。时间长了，这渐渐变成了每日不可或缺的功课，有时候直到九十点钟，春琴仍不放佐助出门，还经常听到她严厉的呵斥声："佐助，我是这样教你的吗？""不行不行！你给我弹个通宵，直到弹好为止！"楼下的仆人们听了甚为吃惊。有时候，这位小师傅还一面骂佐助"笨蛋，你怎么老记不住啊？"，一面用拨子敲他的脑袋，徒弟佐助便抽泣起来。这样的情景已是屡见不鲜。

　　众所周知，从前收徒授艺，师傅都极尽严苛，对弟子进行体罚也是常事。今年（昭和八年）二月十二日的《大阪朝日新闻》[1]周日版面上，刊载了小仓敬二君写的一篇题为"木偶净琉璃艺人血泪斑斑的学艺"的报道。文中说，摄津大掾[2]死后的名家——第三代越路太夫[3]的眉间有一大块伤疤，形如新月，据说是他的师傅丰

---

① 《大阪朝日新闻》：创刊于明治十二年，现已与《东京朝日新闻》合为《朝日新闻》。

② 摄津大掾：指竹本摄津大掾（1836—1917），越路太夫二世，明治时期义太夫名人，明治三十六年获小松公赐予摄津大掾称号。

③ 竹本越路太夫（1865—1924）：竹本越路，摄津大掾的门徒，1903年继位。"太夫"意为地位高的艺人。

泽团七①一边骂着"你何时才能记住？"一边用拨子把他戳倒在地留下的。此外，文乐座②的木偶戏演员吉田玉次郎的后脑上也有一块同样的伤疤，那是玉次郎年轻时辅助师傅——大名人吉田玉造出演《阿波的鸣门》③留下的。师傅在"抓捕"一场戏里操纵十郎兵卫这个角色，玉次郎负责操纵该木偶的腿部动作。可是，当时玉次郎无论怎么操作木偶的腿都不能使师傅玉造满意，只听师傅骂了声"笨蛋"，操起木偶格斗用的道具刀，朝着徒弟的后脑勺哐当一声砍了下去，那刀疤至今未消失。这位砍了玉次郎的玉造师傅，也曾被他的师傅金四用这个十郎兵卫木偶砸破过脑袋，那个木偶都被血染红了。事后玉造向师傅要来了那只血迹斑斑的砸断了的木偶腿，用丝绵裹好，珍藏在白木箱里，不时取出来如同在慈母的牌位前叩拜一般对着它磕头。玉造常常哭着对人说："要是没有这个木偶的教训，说不定我只能做个平庸艺人终此一生了。"

此外，上代大隅太夫在学艺时期因身体像牛一样笨重，故而被人称为"笨牛"。但他的师傅却是那位有名的丰泽团平④，俗称"大团平"，乃是近代三弦琴巨匠。一天夜晚，正是闷热的盛夏时

---

① 丰泽团七（1840—1923）：江户时代末期至大正时期的人形净琉璃三弦琴师。

② 文乐座：日本近代的木偶戏剧团。"文乐"即人形净琉璃。

③《阿波的鸣门》：平松半二等人合作的净琉璃传统剧目《倾城阿波鸣门》，讲述的是藩士阿波十郎兵卫夫妇效忠主人的故事。

④ 此处指二世丰泽团平（1827—1898）。

节，这位大隅在师傅家学习《木下荫狭间合战》①中的《壬生村》一出戏，其中有一句台词是"这护身符可是先人遗物啊"，大隅怎么也念不好。他念了又念，反反复复好多次仍过不了师傅这一关。师傅团平放下蚊帐，钻进帐子里听，大隅却忍受着蚊子的叮咬，一百遍、二百遍、三百遍，无止无休地反复念着。夏夜很短，东方渐渐发白了。师傅大概也倦了，仿佛睡着了似的，但还是不说"可以了"。于是，大隅发挥了他那"笨牛"特有的倔劲儿，坚忍不拔地一遍遍念下去，终于听到团平在蚊帐里开口说"可以了"。好像睡着似的师傅其实根本没合眼，一直在聚精会神地听着呢。

诸如此类的逸闻不胜枚举。此事绝不限于净琉璃的太夫以及净琉璃演员，在生田流的古筝和三弦琴的传授中也有着同样的情况。况且这一行的师傅多为盲人检校，残疾者往往性格偏执，严厉苛责徒弟的现象自然不会少。上面已说过，春琴的师傅春松检校的教法也素以严厉著称，常常开口就骂，举手就打。由于师徒大多都是盲人，所以徒弟受到师傅打骂时常常会后退躲避，竟然发生过抱着三弦琴从二楼上滚落下去的事件。春琴挂牌"琴曲指南"收徒后同样以严酷而闻名，此乃承袭其师教法，也顺理成章。不过，春琴的严厉从教授佐助的时候起就有了苗头，也就是说早在幼年玩游戏时已初露端倪，后来逐渐发展成真打真骂。

---

① 《木下荫狭间合战》：净琉璃名句，共十段，《壬生村》是第九段，"木下"即木下藤太郎（织田信长的军师），"狭间"意为山谷，"合战"即交战之意。

有人说，男师傅打骂弟子的例子数不胜数，但是像春琴这样女师傅打骂男弟子的却不多见。由此看来，莫非春琴生性就有几分施虐倾向，借口教艺享受某种变态的性愉悦？这些揣测是否属实，今日难下结论，唯有一件事是很清楚的，那就是小孩子在玩过家家游戏时必定模仿大人的样子，因而，春琴虽受到检校的宠爱，未曾挨过棍棒，但是平时耳濡目染，使她幼小的心灵烙上了为人师者就该如此的印记，于是早在玩游戏阶段就模仿起了检校的做法。这也是自然之数，日积月累而形成了习性。

佐助大概是个爱哭的孩子，据说每次挨了小阿姐的责打就会哭上一通。由于他总是没出息地嘤嘤哭出声来，有人听到后便蹙起眉头说："小阿姐又折磨他了。"最初只是打算让春琴教佐助玩玩的大人们，见此情景也颇感头疼。每天晚上，古筝声和三弦琴声已经很吵人了，其间还时常夹杂着春琴的厉声斥责，再加上佐助的哭泣声，直到深更半夜大家都不得清净。女仆们觉得佐助很可怜，最重要的是这样下去对春琴也没有好处。有的女仆实在看不下去，便直接去春琴房间，劝说她："小姐，这是做什么呀？小姐身子娇贵，何必为这么个没出息的男孩子生这份气啊。"谁知春琴听了，反而正襟危坐，咄咄逼人地回道："你们懂什么！我的事不用你们管！我是在认真教他学艺呢，不是在闹着玩。正是为佐助着想，我才这么一丝不苟。即便我怎么骂他打他，学艺就得这样。难道你们连这个道理都不懂吗？！"

《春琴传》记载了此事："春琴慷慨陈词曰：'汝等欺吾年幼，竟敢冒犯艺道之神圣乎！吾虽年少，既苟为人师，当从为师之道。吾授艺佐助，本非一时儿戏。佐助虽生性酷爱乐曲，然身为学徒，不能就学于检校高师，只得自学，实为可悯。吾虽未出师，欲代为其师，尽心竭力使其达成所愿。汝等岂知我心？还不速速退下！'闻者慑其威严，惊其辩舌，常唯唯诺诺而退。"由此可见，春琴是何等盛气凌人。

佐助虽常被骂哭，可每当听到春琴这样说便无比感激。佐助之所以哭泣，不仅仅为了忍受学艺之苦，更是包含着对这位主人兼师傅的少女如此激励自己向前的感激之情。因此，无论遭受怎样的责罚，他也从不逃避，总是一边流泪一边坚持苦练，直到春琴说出"行了"为止。春琴的情绪时阴时晴，变化无常。被数落一顿算是轻的，若是春琴蹙着眉头，嘣地一拨弄第三弦①，或者让佐助自己弹三弦琴，她一言不发地听着，是佐助哭得最多的时候。

一天晚上，在练习《茶音头》的过门时，佐助领会不到位，老是记不住，练了许多遍还是出错。春琴气急了，便像平时那样把三弦琴放下，一面用右手使劲在膝盖上打着拍子，一面唱起琴曲来："嗨，嘀哩嘀哩哐，嘀哩嘀哩哐，嘀哩哐，嘀哩哐，嘀哩锵锵，咚

---

① 三弦琴的第三弦最细，使劲弹拨会发出刺耳高音。

哩咚哩锵，嗨。噜噜咚！……"到了最后，就不再理睬他了。佐助惶惶然不知所措，可又不敢停下，只好拼命地按照自己的理解继续弹奏，但是不论弹多久，春琴也不说"好了"。佐助只觉得头昏脑涨，越弹越不着调，浑身直冒冷汗，胡乱弹起来。春琴始终不发一言，紧紧闭起嘴唇，眉梢一直深深皱着，就这样僵持了长达两个多小时。直至母亲繁氏穿着睡衣走上楼来，好言劝道："刻苦教学也得有个限度，做过了头的话会伤身体的。"春琴这才好歹让佐助离开。

第二天，父母把春琴叫到跟前，语重心长地教导她说："你热心教佐助弹琴，这当然很好，但是，打骂弟子是大家都认可的检校先生才可以做的。你弹得再好，毕竟还在跟着师傅学艺，此时就模仿师傅的这种做法，必然会滋生傲慢之心。举凡学艺之事，一旦有了傲慢之心便不会长进。况且你一个女子，对男弟子动不动就'笨蛋笨蛋'的辱骂，实在让人听不下去，至少在这方面应该节制一下。今后要固定授课时间，不要拖到半夜，听到佐助呜呜的哭声，大家还怎么休息啊。"

由于父母亲从来不曾这般责备过春琴，春琴听了也无话可说，接受了规劝。但这也只是表面现象，实际上并没有起到什么作用。春琴私下反而把气都撒在佐助头上："佐助真是没出息，堂堂男子竟然一点委屈都忍受不了。就是因为你那么大声哭，别人听见还以为我欺负你，害得我挨了骂。若想在学艺之道上有所精进，即使疼痛难忍也得咬紧牙关忍受。这一点都做不到的话，我就不当你的师傅了！”从那以后，佐助无论受多大的罪也绝不再哭出声了。

　　鹈屋夫妇见女儿春琴自从失明之后渐渐变得狠心，加上收徒授艺后举止也粗暴起来，颇感忧虑。女儿有佐助做伴，既有利也有弊。虽说佐助百般迎合顺从女儿，固然很难得，不过也正是由于佐助凡事一味迁就，逐渐助长了女儿的骄慢任性。长此以往，不知女儿将来会变成一个性格怎样古怪的人呢。老夫妇暗地里为此苦恼不堪。

　　也许正是出于这样的担忧吧，佐助从十八岁那年的冬天起，由东家周旋，拜春松检校为师学艺了，也就是说不让春琴直接教他了。春琴的双亲大概是认为，女儿模仿师傅所为非常不可取，最可怕的是对女儿的品行产生不好的影响。此举也决定了佐助的命运。从此，佐助被彻底解除了学徒身份，成为名副其实的领路者，并作为同门一起去检校家学艺。对此，佐助本人当然是求之不得的。安左卫门也对佐助老家的父母说明情况，晓之以理，竭力求得他们谅解，希望他们放弃要佐助经商的打算。作为交换条件，他表示鹈屋家会负责佐助将来的生活，绝不会弃之不管，简直说尽了好话。由此推测，鹈屋夫妇恐是考虑到了春琴的将来，有招佐助为婿的意思。因女儿身有残疾，很难找到门当户对的姻缘，如果招佐助入赘倒是段求之不得的良缘。父母这样打算也合乎情理。

于是，两年后，即春琴十六岁、佐助二十岁的时候，老夫妇第一次委婉地提出了这件婚事，却不料遭到春琴的坚决拒绝。她大为不快，告诉双亲说自己终生不想嫁人，尤其是嫁给像佐助这样的人更是不曾想过。然而，大大出乎父母意料之外的是，一年后，母亲发觉春琴的身子有些异样。"莫非真的是……"母亲心想，暗中留心观察春琴，觉得的确异常。她觉得要是等到显形后，下人们会多嘴多舌，趁现在弥补还来得及，便瞒着春琴的父亲私下里询问春琴。春琴一口否认："根本没这回事！"母亲虽然心里怀疑，也不便刨根问底。又耗了一个月左右，结果事情拖到了无法隐瞒下去的程度，春琴这次倒是爽快地承认了自己已有身孕，但不论母亲怎样盘问，她也不肯说出男方的姓名。实在拗不过母亲，她就说："我们已有约定，谁也不许说出对方的名字。"若问她是不是佐助，她就矢口否认："说什么呀，我怎么可能看上那种学徒啊。"尽管店里的人都觉得佐助嫌疑最大，但是春琴的双亲考虑到她去年说的那一番话，认为可能性不大。再说，倘若两人真有关系，无论如何掩饰也躲不过众人的眼睛的：两个没有经验的少男少女，装得再怎样若无其事，也瞒不过大家的。佐助自从成为春琴同门师弟后，就没有以往那样跟春琴学琴到夜阑更深的独处机会了。春琴无非是偶尔以师姐对待小师弟的架势指点佐助，其他时候无不是摆出清高傲慢的富家小姐派头，除了佐助领她去师傅家之外，二人再无其他交往。因此，店里的下人们根本想不到这二人会有什么不轨之举，反倒是觉得他们之间的主仆关系过于严格，缺少人情味。母亲心想，如果盘问佐助，兴许能问出点什么。她估计男方肯定是检校门下的某个弟子。然而，佐助一口咬定"不知情""不知道"，不但表示自己与这件事毫无干系，男方是谁也不清楚。不过，这次被叫到女主人面前时，佐助神色紧张，表情怪异，令人生疑，严加盘问下越来越对不上话茬。佐助一边说"实在没办法，因为我要是说出来，小阿姐要骂我的"，一边哭了起来。女主人说："不要这样，你护着小阿姐当然好，但是你为什么不肯听主人的话呢？你这样隐瞒下去，反而害了小阿姐。你务必要把男方的姓名告诉我！"母亲磨破了嘴皮，佐助也不肯说实话。不过，仔细琢磨他的话，母亲最终还是察觉到了他的言外之意——男方就是佐助自己。从佐助的口气可知，他已经对小阿姐发誓绝不坦白承认，所以不敢明说，只能这样含糊其辞地让主人自己去体察了。

鹏屋夫妇觉得生米已煮成熟饭，也没有其他法子可想，好在男方是佐助也算是件好事。让老两口纳闷的是，既如此，去年劝女儿和佐助成婚时，她为什么要说出那番言不由衷的话呢？少女的心真叫人难以捉摸。二老虽然发愁，倒也安心了，于是想趁着还没有人说三道四时让他们赶紧完婚，便再次对春琴提及这件婚事。谁料想春琴脸色骤然一变，说道："怎么又提这事！真烦人。去年我已经对你们说过了，佐助这样的人，我根本不会考虑的。你们可怜我怀孕，我很感激，但是无论怎么不方便，我也绝不会考虑嫁给一个仆人。那样做也对不起肚里这个孩子的父亲呐。"但是一问她"这个孩子的父亲到底是谁"时，她便决然回道："这件事，你们不要再问了，反正我不会嫁给佐助的。"听女儿这么一说，二老又觉得佐助的话有些靠不住了。究竟他们俩谁说的话是真的，实在无从判断。冥思苦想之后，二老还是觉得除佐助外别无他人，也许女儿现在难为情才故意表示反对吧，等过一段时间，她自会吐露真话的。于是二老不再往下追问，决定在春琴临盆之前先送她去有马温泉。

那是春琴十七岁那年的五月，她在两名女仆的陪同下去了有马温泉，佐助仍留在大阪。到了十月，春琴在有马温泉顺利地产下一个男婴。孩子长得跟佐助简直一模一样，那个谜团总算解开了。然而，春琴不仅对成婚之事不理不睬，还否认孩子的父亲是佐助。万般无奈之下，父母只好让二人当面对质。春琴声色俱厉地说："佐助，你是不是说了让人生疑的话呢？你叫我今后怎么见人？你今天必须说清楚，根本没有这回事。"佐助被春琴这么一叫板，更是惶恐万分，信誓旦旦地说："这种冒犯小姐的事，我是万万不敢造次的。自从当学徒时起，我一直承蒙主人大恩大德，岂敢有那种不知高低的邪念。这简直是天大的冤枉啊！"由于这回佐助和春琴的口径完全一致，否认了个干干净净，搞得二老越发摸不着头脑了。但是老夫妇仍旧不死心，试图以孩子逼迫春琴就范："话是这么说，你看看，生下来的这孩子多么可爱啊，是不是？你既然硬是不承认，我们家总不能养育一个没有父亲的婴儿吧。如果你不愿意考虑婚事，这婴儿虽说可怜，也只好送给别人了。"春琴冷漠地答道：
"那就把孩子送人好了。我已经决意一辈子不嫁人，这孩子对我来
说只会是个累赘。"

　　最终，春琴生下的孩子被送给了他人。这孩子生于弘化二年，
所以现在应该不在人世了。被送给了什么人也不清楚，想必是春琴
的双亲安排的。就这样，春琴死不认账，使未婚怀孕一事不了了
之。过了一段时间后，她又神态自若地由佐助领着去学艺了。这个
时候，她与佐助的关系几乎已是公开的秘密了，纵然想让他俩正式
结为夫妻，无奈两人死也不愿意。深知女儿犟脾气的父母亲，最后
不得不采取了默许的态度。

　　他们二人这种既非主仆又非同门也非恋人的暧昧关系持续了
两三年后，春琴二十七岁时，春松检校去世了。春琴借此机会自立
门户，挂牌招徒。她搬出父母家，在淀屋桥一带购置了房屋，独自
居住，佐助也跟了过去。看起来春松检校生前就已认可了春琴的实
力，允许她随时自立门户。检校从自己的名字里取出一个"春"
字，给她取名"春琴"。在正式演奏的场合，检校常常与春琴合
奏，或是让春琴唱高音部分，每每多方关照。因此缘故，检校去世
后，春琴自立门户一事也就水到渠成了。不过，从春琴的年龄、境
遇等情况看，似乎没有必要这么急，这恐怕还是因为父母考虑到她
和佐助的关系吧。两人的关系已是公开的秘密，若是让这种暧昧关

系持续下去，势必不利于对下人们的管束。与其如此，不如让他俩搬出去单住为宜。至于春琴，对父母这样退而求其次的安排也碍难不从吧。当然，佐助去了淀屋桥之后，所受的待遇没有任何变化，依然为春琴牵手带路。而且，因检校已去世，佐助重新师事春琴，因此他们可以无所顾忌地称呼对方"师傅"和"佐助"了。

春琴非常厌恶别人把她和佐助视为夫妻，所以严格地按照主仆之礼、师徒之别对待佐助，甚至连说话措辞等细枝末节也做了规定。佐助偶尔违规，即使低头认错，春琴也不肯轻饶，执拗地训斥个没完。因此，据说新入门的徒弟不知内情，见他俩如此相敬如宾，从来没怀疑过二人之间的关系。还有人说，鹛屋家的佣人们曾私下议论："真想去偷听一下，这位小阿姐究竟是怎样对佐助表达爱意的。"

那么，春琴为什么如此对待佐助呢？原来，大阪人在婚事上，比东京人更看重门第、财产和排场等，至今亦然。原本大阪就是个商人自视甚高的地方，可以想见封建世俗风气相当浓重，因此旧式世家的小姐是绝不肯舍弃矜持的。像春琴这样的大家闺秀，对世代做过家仆的佐助的轻视，更是超乎人们的想象。此外，盲人性格乖戾，好胜心异常强烈，不愿示弱，不愿受人嘲笑，因此春琴很可能认为接纳佐助为夫君乃是对自己的莫大侮辱——这种可能不是没有，应该考虑。换而言之，春琴为同身份低下的男人发生肉体关系感到羞耻，这导致了她对佐助的疏远态度。可见，在春琴眼里，佐助不过是生理上的必需品而已，她是有意识这样对待佐助的。

《春琴传》曰："春琴素有洁癖，衣物不得稍有微垢，内衣类则每日更换，命人洗濯。且朝夕命人打扫屋内，毫不懈怠。每坐必以指轻触坐垫及铺席，纤尘亦不能忍。曾有一门徒患胃疾，口有臭气却不自知，至师傅近前练习，春琴照例铿然一拨第三弦，遂放下琴，紧蹙双眉不发一语。此门徒不知所为，甚为惶恐，再三问缘由。春琴乃曰：'吾虽盲人，嗅觉尚好，汝速速去含漱。'"

正因为是盲人才有此等洁癖，而素有此等洁癖之人成了盲人，伺候者之难更是无法想象。所谓牵手领路者，论理只需牵手带路即可，然而，佐助竟然连职责范围外的饮食起居、入浴如厕等日常琐事也得承担。幸好自春琴幼年时起，佐助便已开始承担这些任务，熟知春琴的脾气，所以除了佐助，无人能让春琴满意。从这个意义上说，佐助之于春琴是不可或缺的存在。

在道修町住的时候，春琴对双亲和兄弟姐妹们多少还有所顾忌，现在成了一家之主，其洁癖与任性日甚一日，因此佐助要做的事情愈加繁杂了。下面这一段话是鸭泽照老妇人说的，《春琴传》里都未见记载：这位师傅上过厕所后，从来没有自己洗过手。因为她每次上厕所时，都不用自己动手，一切均由佐助代劳。入浴时也是如此。据说身份高贵的妇人对于让别人擦洗身子，丝毫不感到羞耻，而这位春琴师傅之于佐助，也如同贵妇人一样。这大概是由于她双目失明的缘故吧，当然，也可能是因为幼年起已习惯如此，如今不再会产生任何兴奋感了。

此外，春琴还酷爱修饰打扮，尽管双目失明以后不再照镜子了，但她对自己的姿色抱有不寻常的自信，尤其在衣着和发饰搭配等方面甚为讲究，与明眼人没有丝毫不同。这说明，记忆力很好的春琴始终没有忘记自己九岁时的相貌。而且，人们对她的赞美和恭维一直不绝于耳，所以她心里十分清楚自己姿色出众。春琴对于打扮自己到了偏执的程度。她一直养着黄莺，取黄莺的粪与米糠粉搅拌起来涂抹皮肤，还钟爱丝瓜汁。倘若感觉面部和手足肌肤不够滑润，她就会心情很差。皮肤粗糙乃是她最忌讳的。大凡弹奏弦乐的人，由于需要按弦，都极其重视左手指甲的修剪，所以每三天她就让人剪一次指甲，并用锉刀锉得光滑。不单是左手，右手和脚趾甲也得修剪。说是剪指甲，其实不过是一两毫米，根本看不出来，但她总要命人修剪得长短齐整，漂漂亮亮的才行。剪完后，她还要用手仔细抚摸，逐个检查一遍，不允许有丝毫差池。事实上，这些活儿都由佐助一个人包了。如有余暇，他还须跟师傅学艺，有时还要代替傅指导那些后进的弟子们。

男女之间的肉体关系也是多种多样的。比如说，佐助对春琴的肉体可以说了如指掌，结成了一般夫妻和恋人根本想象不到的紧密因缘。后来佐助自己也失明后，尚能在春琴身边伺候而无大过，绝非偶然。

　　佐助一生不曾娶妻妾，从当学徒开始至八十三岁去世，除了春琴外没有同其他女性交往过，因此并没有资格把春琴同其他女性比较，加以品评。但是他晚年鳏居后，常向身边的人夸赞春琴的皮肤细腻滑润无比，四肢柔软。这成了佐助晚年唯一絮叨不休的话题。他时常张开手掌，说："师傅的小脚刚好跟这巴掌大小差不多。"他还抚摸着自己的脸颊说："连师傅脚跟的皮肤都比我的脸还滑溜柔软呢。"前面已经谈过，春琴身材娇小，不过，她属于穿着衣服时显瘦的类型，但裸体竟出人意料的丰满。肤色白得透亮，无论多大年纪，肌肤总是富有弹性，光泽亮丽。据说春琴平素喜吃鱼禽料理，尤其喜好鲷鱼刺身，在当时的女子中算是非同一般的美食家了。此外，她还稍稍嗜酒，晚酌一合①酒乃是必不可少的。可见饮食习惯与她的身体状况不无关联。（盲人进食时吃相不雅，使旁人心生怜悯，更何况妙龄盲女子！不知春琴是否知晓，她不愿意让佐助之外的人看见自己进食。应邀赴宴等场合，她只是拿起筷子做做样子，因而看上去优雅高贵，但实际上对饮食极尽奢侈。她虽然食量并不大，每顿两小碗饭，吃菜也只是在各菜盘里夹上一筷子，可是因此就得增多菜品，使佣人格外劳神费力，给人感觉好像是为了刁难佐助才这样做似的。这也使得佐助厨艺长进，在做鲷鱼骨汤这

---

① 合：日本容积单位，1合约为0.18升。

一道菜时剔除鱼肉以及剥蟹虾外壳等活儿都相当有模有样，还能从香鱼尾部将鱼骨剔得一根不剩，整条鱼仍形状不变。）

春琴的头发又多又密，如真丝般柔滑、蓬松。她玉指纤纤，手掌柔软，也许是经常拨弦的缘故，指尖甚是有力，若挨她一巴掌则疼痛难当。她动辄上火，颇为怕冷，虽值盛夏却从不出汗，两脚冰冷，一年四季总把领口、袖口窝边的厚纺绸夹袍或绉绸袄小袖①当作睡衣穿着，拖曳着长长的下摆，睡觉时双脚被包裹在里面，因此睡态无丝毫凌乱。由于担心上火，她尽可能不使用暖炉和暖水袋。实在太冷时，佐助便把春琴的双脚抱在自己怀里焐着，不过，她的脚很不易焐暖，反而常常使佐助的胸口变得冰凉。入浴时为使浴室里不至雾气弥漫，冬天也敞着窗子。她一次只能在温水里浸泡一两分钟，必须反复多次才行。如果浸泡的时间长了，她马上会感到心悸，因热气而头晕，所以每次入浴务必在尽可能短的时间内把身体泡暖后，抓紧时间洗干净。

对这些情况了解得越多，就越能体会佐助的辛劳。佐助所得到的物质酬劳极其微薄。所谓工钱，不过是平日的赏钱而已，有时连买烟的钱都不够。佐助穿的衣服，也只有盂兰盆节时主人家照例发给下人的衣着。佐助虽代师傅授课，却得不到相应的称呼。春琴让众徒弟和女仆直呼其名"佐助"。陪春琴出门授业时，佐助也必须

---

① 小袖：一种和服样式，比一般和服袖子窄半幅。

一直守候在大门口。

有一次，佐助患龋齿，右颊痛得肿得老高，入夜后更是疼痛不堪。但他强忍疼痛，不让师傅觉察到，时而偷偷地去漱一漱口，在春琴身边伺候时小心不对着师傅吐气。春琴上床就寝后，命佐助摩肩揉腰。佐助按摩了片刻后，春琴说道："行了。现在替我暖脚吧。"佐助赶紧横躺在春琴的脚边，掀开自己的衣襟，把她的脚贴在自己的胸脯上。他感觉胸口顿时冷得就像触到了冰，脸上却因被窝里的暖气而热烘烘的，牙齿越发疼痛。佐助眼看不能忍受，便将春琴的双脚从胸部移到发肿的脸颊上，这才勉强忍住了疼痛。谁料想，春琴马上狠狠踹了佐助的脸颊一脚，佐助疼得大叫一声，跳了起来。只听春琴说道："行了，不用你焐了，我让你用胸膛暖脚，没叫你用脸呀。不管是不是盲人，脚底板也不会长眼睛，你为何要欺人呢！我从你白天的表现就大致知道你好像患了牙痛，而且你的左右脸热度不同，肿的程度也不相同，连我的脚底都能清楚感觉到呢！既然如此疼痛，就该老老实实地告诉我，我又不是不知怜恤佣人的人。可你装出一副忠心耿耿的样子，却用主人的身体来冷敷自己的牙齿，简直是偷奸耍滑，可恶透顶！"春琴对待佐助的态度由此可见一斑。她尤其见不得佐助对年轻女徒弟和蔼可亲或指导她们学艺。偶尔怀疑时，春琴也不表露其妒忌，而是变本加厉地虐待佐助。这便也是佐助最受折磨的时候。

一个独居的盲女，即便再铺张奢侈，也是有限度的。纵然随心所欲地讲求锦衣珍馐，也没有那么多可花费的地方。但是，春琴家中却雇用了五六个仆人伺候她这么一个主人，每月的开销也是相当可观。若问为何会花销这么多，雇佣这许多人，首要原因是她酷爱养鸟，尤其喜爱黄莺。

如今，叫声悦耳的黄莺，有的一只甚至要上万元。虽说是那个时代，但是行情大同小异吧，当然，在欣赏黄莺鸣啭声或赏玩方式上，和从前稍有不同之处。先说说现在吧，发出"啁啾、啁啾、啁啾啁啾"叫声的，是所谓"越谷鸣"；"咯……啾……嘀咕儿"的，就称为"高腔"；倘若除了能发出"滋咕——"这种本身具有的鸣声外，还能发出上述两种鸣叫声的黄莺，就值钱了。野山莺一般不鸣，偶尔鸣叫也发不出"咯……啾……嘀咕儿"的亮嗓，只会"咯……啾……嘀嘎"地叫，难以入耳。欲使莺儿叫声带有"嘀咕儿——"这样金属音质的悠长余韵，就必须用某种人工手段去训练它：要在幼莺尚未长出尾羽前，将其从野外捉来，让它跟着"黄莺师傅"学习鸣叫。倘若雏莺已长出尾羽，说明它已经听惯了野黄莺父母那种难听的鸣声，无法再训练了。

其实"黄莺师傅"也是用这种人为的办法训练出来的。名贵的黄莺都有各自的名号，比如"凤凰"，"千代友"等等，所以，听闻何地何人有什么名种后，为了自己的莺儿，养莺者会不辞路远寻访到饲养名莺的人家，恳求人家允许自己的幼莺跟随其黄莺学习鸣叫。人们将这种学习鸣叫的做法称作"学叫口"，一般是大清早就出门，连续学好几天。有时候"黄莺师傅"也会出差到某一地点，让黄莺弟子们聚在它周围学叫口，呈现出一派上音乐课般的景观。当然，每只黄莺的素质优劣不同，音质也有美丑之分，同为越谷鸣声或高腔鸣声，旋律也是有好有差，余韵有长有短，可谓千差万别，可见获得一只良莺谈何容易！一旦获得，良莺主人便可挣取"授课费"，因此有名的"黄莺师傅"要价高也是理所当然的。

春琴家中饲养的一只最出色的黄莺取名"天鼓"，她喜欢朝夕谛听。天鼓啼声的确优美动听，其高音啁啾声通透清脆，余韵悠长，堪称巧夺天工的乐器声，委实迥异于一般鸟鸣。其鸣声持续时间又极长，嘹亮而饱满，音色非常优美，因而天鼓的待遇格外尊贵，准备食饵等也是倍加精心。黄莺的食饵通常是将大豆和糙米炒后磨成粉，掺入米糠制成粉末，与鲫鱼或雅罗鱼干磨的鱼粉，以各一半的比例拌在一起，再用萝卜叶榨的菜汁搅拌成泥状，简直烦琐至极。除此之外，为了使黄莺鸣声悦耳，还须捕捉一种寄生在野葡萄藤蔓里的虫子，每天给黄莺喂食一两只。如此这般劳神费心的鸟儿，春琴养着五六只，故而有一两个仆人专门侍弄它们。

这黄莺在人前是不肯鸣叫的，要把鸟笼放入叫作"饲桶"的桐木箱里，箱子顶部安了一个格子拉窗，使透过窗纸射入的光线朦朦胧胧的。饲桶的拉窗木框用的是紫檀或黑檀木料，雕有精巧图案或嵌着珍珠贝、绘泥金画等，别具匠心。据说其中有的还是古董，放在今日也值一百元、两百元乃至五百元①之高价。天鼓的饲桶上镶嵌着据说是中国舶来的珍品，框架乃紫檀木质地，其中段镶嵌有琅玕翡翠片，翡翠上面雕有精美山水楼阁，实在风雅极了。春琴经常将这桐木鸟箱放在自己房间里壁龛旁的窗台上，入神地听鸟鸣啭。只要天鼓一展它那悦耳动听的歌喉，春琴便心情大好。因此，仆人们总是想方设法让天鼓鸣啭。天气晴朗时，天鼓往往叫得欢，因此天气不好的时候，春琴也就变得阴沉了。冬末至春末是天鼓啼鸣最频繁的时节。进入夏季后，次数日渐减少，于是，春琴郁郁寡欢的时候也随之增多。

虽说只要喂养得法，黄莺寿命也挺长，可是伺候它却丝毫不能大意，若指派没有经验的人喂养，几天就会死掉，死了就得再买一只来。春琴家里的第一代天鼓养到第八个年头死了，此后好久都没能找到可以继任的名鸟。几年以后，春琴家终于培养出了一只不比初代天鼓逊色的黄莺，遂再次命名为天鼓，倍加宠爱。

据《春琴传》记述："此二代天鼓，鸣声亦甚美妙，毫不逊于迦陵频迦②。春琴将鸟箱置于座右，朝夕不离，钟爱无比，常命众徒聆听此鸟鸣声，而后训谕：'汝等听罢天鼓鸣叫，做何感想？彼本无名雏鸟，只因自幼苦练不辍，得使其鸣声之美，与野莺迥异。

---

① 1953 年以前，一日元的价值远远大于现在，因此那时的一百元就是非常高的价格。
② 迦陵频迦：印度古梵文的音译，意为妙声鸟或美音鸟，是佛国世界的一种神鸟，人首鸟身，鸣声美妙。

人或云：斯乃人工雕琢之美，而非天然，其风雅莫如于深谷幽径探访春山花色时，忽闻溪流彼岸烟霞弥漫之中传来野莺啼声。吾却不以为然，彼野莺因得天时地利方觉其鸣声雅致，若论其声尚不可言之为美。反之，闻如天鼓之名鸟鸣啭，虽身居陋室，亦可遥想幽邃闲寂之山峡风趣——溪流潺潺清音，岭上樱云暧暧，皆浮现于心眼心耳。樱花烟霞，其鸣中皆备，令人忘却身处都市万丈红尘。是以人工雕琢与天然之美一比高下也，音曲秘诀也在于此。'春琴亦屡屡以'虽为小禽，尚能解艺道之奥妙，汝等生而为人竟不及鸟类'训斥愚钝门徒使其羞愧难当。"春琴所言固然有理，然而动辄就将人与莺相比，想必佐助及众门徒也难以承受吧。

次于黄莺，春琴还喜爱云雀。云雀生性好冲天高飞，关在鸟笼里也总是不停地高高飞起，所以其鸟笼也做得又窄又高，可达三尺、四尺、五尺。但是，要想真正欣赏云雀的美妙鸣声，就必须将鸟儿放出鸟笼，让它飞向空中直到望不见身影。云雀一面冲入云霄一面鸣叫，人在地上听那声音，也即欣赏鸟儿穿云破雾的本领。

一般说来，云雀在空中停留一段时间后会再飞回自己的笼子。停留的时间大约在十分钟至二三十分钟，时间越长，越是被视为优秀的云雀。人们举行云雀竞技比赛时，总是将众鸟笼一字排开，同时打开笼门放飞云雀，以最后飞回笼内的那只为胜。劣等云雀回笼时，有时会误入旁边的鸟笼，甚至会落到距离鸟笼一二百米远的地方。但一般的都能准确辨别自己的鸟笼，因为云雀是垂直飞向空中的，在空中某处停留片刻后再垂直飞落下来，自然会飞回自己笼中。

　　说是"穿云破雾"其实并非横穿云层飞翔。之所以看似穿云破雾，不过是飘移的云层掠过云雀时造成的错觉罢了。在风和日丽的春日，居住在淀屋桥一带的邻居们经常会看见这位盲人女师傅出现在晾台上，放出云雀飞上天空的情景。在她身旁，除了必有佐助伺候外，还跟着一个负责鸟笼的女仆。女师傅一发话，女仆便打开笼门，云雀一面啾啾鸣叫着，一面飞向天空，越飞越高，直到隐没于云霞之中。女师傅仰起双目失明的脸庞，追寻着鸟影，一心倾听不久将会从云间落下的云雀的鸣叫声。有时候，一些同好者也会把自己引以为豪的云雀带来凑个热闹，跟女师傅的鸟儿一比高下。

　　每逢这种场合，邻近的居民也都登上到自家的晾台，聆听女师傅的云雀鸣叫。其中有些后生，与其说是去听云雀鸣声，不如说是想看看女师傅的美貌。按说，这是一年到头都能见到的场景，町内的后生们应该早已看习惯了，可是那好色之徒什么时候都不会绝迹。他们一听到云雀的鸣叫声就知道女师傅出来了，赶紧爬上屋顶。他们如此兴奋，想必是因为感觉盲人有种特别的魅力和神秘感，产生了好奇心吧。或许是平时春琴让佐助牵着手外出授课时，总是默默无语，神情严肃，而在放飞云雀时却十分快活地谈笑风生，使她的美貌格外动人吧。除云雀外，春琴还养过知更鸟、鹦鹩、绣眼鸟、黄道眉等，有时候她喂养的各种鸟儿竟有五六只之多，这笔开支可不小。

春琴属于那种"窝里横"的女人，一走出家门则表现得异常温柔和善。每当在应邀赴宴等场合，她言谈举止优雅娴静，风情万种，看那妩媚的样子根本想象不到她在家中竟是个虐待佐助、打骂门徒的妇人。此外，春琴为了交际应酬，也很讲究面子，喜欢排场，无论喜事丧事、逢年过节都以鹈屋家小姐的规格赠物送礼，出手阔绰，即使给男女仆人、女招待、轿夫和车夫等赏钱时也很大方。但是，因此认为春琴是个挥霍无度的人则大谬不然。笔者曾在一篇题为《我眼里的大阪及大阪人》①的文章中谈及大阪人的节俭生活，认为东京人的奢侈是表里一致的，而大阪人却不同。不论看上去怎样讲究排场，他们必定在一般人觉察不到的地方严加控制着不必要的开销。

春琴也是出生于大阪道修町的商人家，在这些方面岂能不精明？她一方面极尽奢侈，同时又极其吝啬贪婪。正因为她摆阔斗富原本出自其不服输的天性，故而凡不符合此目的绝不胡乱支出，正所谓"不枉费钱财"吧。她绝对不会一高兴就随意散钱，而是考虑用途，追求效用，在这一点上可谓是很理性、很有算计的。因此，

①《我眼里的大阪及大阪人》：谷崎润一郎于1932年2月至4月在《中央公论》上连载的随笔。

在某些场合，她的好强本性反而会变形为贪婪。以收取门徒的学费或拜师礼钱为例，身为女流理应同其他师傅大致相等，她却自视甚高，非要收取与一流检校师傅同等的数额，一步也不让。这也就罢了，门徒们中元节或年末孝敬师傅的礼品她也不放过，总是话里有话地暗示门徒多送一些，执拗之极。曾有一盲人门徒，因家境贫寒，每月经常迟交学费。逢中元节，他送不起礼品，只好买一盒白仙羹①以表心意，并央求佐助代为说情："请您怜悯我家贫穷，在师傅面前代为求情，恳请师傅多多体谅！"佐助也觉得甚是可怜，遂诚惶诚恐地向春琴转达并为他说了几句好话。春琴一听，俄然变色，说道："吾不厌其烦地强调学费及礼品，也许别人以为我贪婪，其实不然。礼金多少并不重要，只是若不定下大致标准，师徒间的礼仪便无法成立。此子每个月学费尚且拖延，而今又以一盒白仙羹充作中元礼品，实乃无礼之至。说他轻蔑师傅，也无可辩白吧？既然家境如此贫寒，艺道上恐难成就。当然，视具体情况及本人天分，也不是不可以免除学费，但只限于那种前途有望，为万人惜其才的麒麟儿。大凡能战胜贫苦、出人头地者，生来就应与众不同，只有坚韧与热心是不够的。厚颜无耻乃此子唯一长处，学艺上本属庸才，却要为师可怜他家贫，未免自命不凡！与其这般麻烦他人，丢丑现眼，不如现在断绝学艺之念为宜。倘若仍不愿断念，大

---

① 白仙羹：大阪产的一种羊羹，用蛋白与寒天制成。

阪尽是好师傅，由他自行去寻师为徒就是了。自今日始，他不必再来我这里了，我拒收此徒。"既出此言，无论对方如何谢罪，她也不为所动，到底还是辞掉了这个弟子。反之，若有弟子送厚礼，纵然春琴以严苛出名，当日也会对该弟子和颜悦色，说些言不由衷的称赞话，使听者颇感不自在，以致一提到师傅的夸赞，众弟子皆心有余悸。

因此，每份礼物春琴必定一一过目，就连点心盒子也要打开看一下。对每个月的收支情况，她也是命佐助当着她的面，打算盘结算清楚。春琴敏于计算，心算能力极强，数字过耳不忘，连两三个月前在米店或酒馆花销了多少都记得分毫不差。说到底，春琴过的奢侈生活是极端利己的，所以自己挥霍了多少就必须在别的什么地方补回来，其结果就是众仆人倒霉了。在家中，唯有春琴一个人过着王公贵族般的生活，而自佐助以下所有仆人都必须极度节俭，因此大家的日子过得捉襟见肘。春琴对每天剩下的米饭也说些今天做多了做少了的话，搞得众仆人连饭都吃不饱。下人们背后抱怨："师傅说就连黄莺和云雀都比你们这些人忠义！那是自然了，师傅对待鸟儿远比对待我们强百倍呢。"

春琴的父亲安左卫门在世时，鵙屋家每月都按春琴要求的数额给她送钱来，而父亲去世后，春琴的长兄承接家业后就不再完全满足她索要的数额了。虽说如今的时代，有闲阶级的贵妇人挥霍钱财不算什么，但是在那个时候，连男子也不得这般奢侈。即使是富裕人家，越是那种名门望族，在衣食住行方面越是力戒奢靡，不愿与暴发户之流为伍，以免受到僭越之诽。父母亲之所以允许春琴生活奢侈，无非是出于爱女之心，可怜这个别无乐趣的残疾女儿。但是兄长自从继承家业后，就对春琴动辄非难了，规定她每个月花费不得超过多少数额，超出这个限度的要求一概不予满足。

看来春琴的吝啬与这一背景大有关系。即便如此，家里给她的钱，应付日常生活还是绰绰有余的，因此春琴教授琴曲的收入并非必不可少，对门徒的态度自然盛气凌人了。事实上，叩拜春琴门下学艺者只有屈指可数的寥寥数人，不然春琴何来玩赏小鸟之类的闲情逸致。不过，春琴无论在生田流的筝，还是三弦琴的造诣上，确为当时大阪第一流的名手。这绝不仅仅是她的自负，凡公正者无不认可。纵然是厌恶春琴之傲慢的人，心中也暗自嫉妒或惧怕她的技艺。

笔者认识的一位老艺人说，他年轻时多次欣赏过春琴弹奏三弦琴。当然，此人属于给净琉璃伴奏的三弦琴艺人，风格自然是不一样的，但他说过这样的话："近年来，在地歌①的三弦琴演奏中，没听到过有人弹奏得出像春琴那样的美妙之音。"此外，据说团平年轻时也听过春琴的演奏，曾喟然叹道："惜哉！此人若生为男子，弹奏低音三弦琴，必将成为一代名家。"团平认为低音三弦琴

---

① 地歌：特指西日本地区的盲人传承创作、演奏的三弦琴乐曲。

乃三弦琴艺术的极致，非男子不能究其奥妙。团平是惋惜春琴具有如此天赋却生为女子呢，还是感慨春琴弹奏的三弦琴有男性的气度呢？据上面那位老艺人说："我听春琴弹三弦琴，感觉音声透亮，仿佛男子在弹奏。那音色不单是优美，而是富于变化，时而奏出沉痛幽怨之音，不愧是女子抚琴中罕见的妙手。"

倘若做人能圆滑谦逊一点，春琴必定名声远播。可惜的是，她生于富贵人家，娇生惯养，不知生计之艰辛，一向恣意任性，使得人们敬而远之。她的出众才华反而导致其四方树敌，一生默默无闻。虽说是咎由自取，却是莫大的不幸。由此可见，拜春琴门下学艺的人，都是素来佩服春琴的实力，认定拜师非她不可的人。为了学艺，他们在拜师前已做好了充分的精神准备，甘愿承受她近于严酷的鞭挞，即便挨打挨骂也在所不辞。尽管如此，仍然很少有人能够长期忍受下去，大部分人半途放弃了。那些单纯出于爱好来学琴的人，一个月都坚持不了。因为春琴的教学已超出了鞭挞的范畴，常常发展为刁难、折磨，甚至带有嗜虐的色彩。这莫非是名人意识在作怪吧？换言之，春琴认为，既然社会允许师傅管教徒弟，而徒弟们又是做好了思想准备来的，那么，越是这样折磨弟子，她就越觉得自己成了名家，于是日益变本加厉，终于发展到了无法自控的地步。

那位鸭泽照说："春琴的弟子少得可怜，其中有人是冲着师傅的美貌来学艺的。那些出于爱好学三弦琴的人，多属此类。"既然春琴是一个美貌且未婚的富家小姐，这种事在所难免。据说春琴苛待门徒，也是击退这些醉翁之意不在酒的色狼的手段。具有讽刺意味的是，这反而使她获得了人气。不妨往坏处猜测一下，那些真正前来学艺的门徒中，或许也有人从美丽的盲人女师傅的鞭笞中体味到了不可思议的快感。比起学艺本身来，这种感觉更让他们痴迷吧。说不定其中就有那么几位让·雅克·卢梭[①]呢。

下面开始讲述降临在春琴身上的第二个灾难。只因《春琴传》中对此事也刻意回避，我无法明确指出造成这场灾难的原因以及加害者。这未免遗憾，不过，依据上面说的种种情况可以推断出，春琴大概是因苛待门徒而招致某个弟子怀恨在心，遭到其报复的。这种说法似乎最为接近事实。

最值得怀疑的人，是在土佐堀开杂粮店"美浓屋"的老板九兵卫的儿子利太郎。这位少爷是个出名的浪荡公子，一贯以精通游艺之道而沾沾自喜。也不知怎么的，他竟投在春琴门下学起了古筝和三弦琴。这家伙倚仗老子的财势，不论到哪里都摆出一副大少爷派头，耀武扬威，霸道成性，将学艺的同门视作自家店里的大小伙计，根本不放在眼里。为此，春琴心中颇不待见此人。无奈他送的拜师礼十分丰厚，看在礼物的份上，春琴也不好拒之门外，只得

---

① 让·雅克·卢梭（1712—1778）：法国18世纪著名启蒙思想家、教育家、文学家。据说他曾从自己不幸的少年时代中品味被虐待的意趣。

好生应对，可他竟然到处宣扬："别看师傅那么厉害，也让我三分呢。"他尤其蔑视佐助，讨厌佐助代替师傅教琴，必须由师傅亲自授课，他才肯上课。对他越来越放肆的表现，春琴也渐渐恼火起来。在此期间，利太郎的父亲九兵卫为颐养天年，在天下茶屋町[①]选了一处幽静的所在，盖了一座葛草葺顶的隐居所，还在庭园里移栽了十几株古梅。某年阴历二月，九兵卫在此庭院里摆下赏梅宴，曾邀请过春琴赴宴。这次酒宴的总管事就是少爷利太郎，另有一些帮闲、艺妓等下九流前来捧场。不用说，春琴自然是在佐助的陪同下前往的。

那一天，利太郎及其帮闲们频频给佐助斟酒，使得佐助十分为难。佐助近来虽在晚酌时陪师傅喝几口，但毕竟酒量不行。况且外出时没有师傅许可，佐助是不得沾一滴酒的，因为一旦喝醉了就无法完成带路的重任。因此，佐助假装喝酒，试图蒙混过去。不料那利太郎眼快，早已看在眼里，便醉醺醺地过来叫板："师傅，师傅，您要是不点头，佐助君是不敢喝的。今天不是饮酒赏梅吗？就让他放松一天吧，即便佐助君喝醉了，愿意给师傅带路的这可不止两三个人呢。"春琴听了苦笑着敷衍道："好吧，好吧，可以稍微喝一点儿。你们可不能把他灌醉啊。"于是，利太郎他们就像得了令似的，你一杯我一杯地给佐助劝起酒来。即便如此，佐助仍然严

---

① 天下茶屋町：位于大阪市西成区，相传丰臣秀吉在此地的茶屋休息过，遂有此名。

格自律，差不多有七分酒倒在了洗杯子的器皿里。据说，那天来赴酒宴的满座帮闲、艺妓们初次见到这位大名鼎鼎的女师傅，甚为惊叹，无不为这位半老徐娘的美艳与风韵而折服，赞不绝口。虽不排除众人为了迎合利太郎讨其欢心才说那些恭维话的可能性，不过，当时三十七岁的春琴看上去确实比实际年龄要年轻十岁，皮肤白璧无瑕，以至于凡是看到她那粉白脖颈的人都不由得浑身战栗，仿佛寒气袭人一般。她将一双光滑润泽的纤纤玉手优雅地放在膝上，盲目微微低垂着，面庞娇柔而妩媚，吸引了众来宾的目光，满座无不为之心旌摇曳。

十分滑稽的是，当众宾客去庭园赏花的时候，佐助慢慢引导着春琴在梅花树间徜徉，每走到一株古梅前，佐助便停下来告诉她"这也是一株梅树"，并握着春琴的手让她抚摸树干。一般说来，盲人都是凭触觉来感受物体的存在，不然就无法理解，因此欣赏花木时也就养成了这样触摸的习惯。有一个帮闲看到春琴细嫩的手在老梅树诘屈的树干上来回抚摸，怪声怪气地嚷道："哎呀，老梅树真是羡煞我也！"另一个帮闲挡在春琴前面，扭曲着身子摆出梅树疏影横斜①的姿势，喊道"我就是梅树呀"，惹得众人捧腹大笑。这本是一种调侃逗趣，不过是想赞美春琴，并无欺侮之心，但是对这种花柳界的打情骂俏很不习惯的春琴，心中颇为不快。因为春琴

---

① 语出宋代诗人林逋的咏梅名诗《山园小梅》：疏影横斜水清浅，暗香浮动月黄昏。

一向希望得到与明眼人同等的对待，厌恶歧视盲人，所以这种戏谑令她极为恼火。

入夜以后，主人换了一个房间重开酒宴。这时，少爷来对佐助说："佐助君，你一定很累了。师傅就交给我来照料吧。那边已备好了酒席，你去喝一杯吧。"佐助也想趁他们给自己灌酒之前先填填肚子，于是退至其他房间，提前吃晚餐。可是佐助刚开始吃饭，一个老妓就拿着酒壶凑过来，没完没了地给他劝酒："来，再喝一杯呀。来，再喝一杯呀。"结果，吃饭消磨了很长时间，而且吃过饭后仍不见有人来唤他，佐助便在房间里等候。突然，佐助察觉客厅里好像发生了什么事，只听春琴大声说："你去把佐助叫来。"可是少爷却竭力阻止，一边说着"要是去厕所的话，我可以陪你去"，一边好像拉着春琴往走廊里走。大概是少爷拉住了春琴的手吧，春琴固执地甩开少爷的手不肯迈步，只道："不，不，你还是替我把佐助叫来。"就在这时，佐助赶来，一看春琴脸上的神色，已大致明白是怎么回事了，但转念一想，若是以后少爷因为此事不好意思再登春琴的门，倒也求之不得。

然而，这些色鬼即使丢了丑也不会善罢甘休。第二天，这位厚颜无耻的利太郎又若无其事地来学艺了。"既然如此，我就好好教教你。如果想学真本事，就忍着吧。"春琴一改平日的态度，变得非常严厉。这么一来，利太郎狼狈不堪，每天流汗三斗，累得气喘吁吁。会弹三弦琴一说原本就是利太郎自吹，当有人奉承时还应付得过去，可一旦被春琴这么故意挑毛病就问题百出了，再加上师傅毫不留情的呵斥，利太郎自然无法忍受。他本是好色之徒，借学艺为名欲行不轨，既是如此怠惰，遂渐渐耍起赖皮来，不论师傅多么认真地教，他都故意弹得平淡无味，气得春琴骂了声"笨蛋！"将手中的拨子朝他脸上打去。利太郎的眉宇间顿时被划破了一道口子，他大叫一声"好痛！"，一把抹去从额头滴落的鲜血，扔下一句"你给我等着！"便愤然离座而去，此后再也没有登门。

此外还有一种说法，加害春琴者可能是住在北新地①一带的某个少女的父亲。该少女欲为将来从事艺妓行当打下坚实的基本功，甘愿投入春琴门下接受严苛教授，因而一直忍受着习艺之苦。有一天，被春琴用拨子打了额头，她便哭着跑回家去了。由于疤痕恰好在发际，少女的父亲比她本人还要恼火，跑来找春琴算账——可见他不是少女的养父，是亲生父亲。他说："虽说是为了学艺，可是对一个未成年的小女子，即便是责罚也得有个分寸。你给女孩子的脸蛋上留下伤疤，怎么得了？那可是她谋生的本钱啊。这事我是不会就此罢休的，你打算怎么补偿吧！"他由于言辞过于激烈，也惹火了生性不服软的春琴。她反唇相讥："我这里素来以教授严格为荣。既然受不了苦，何必让孩子来我这儿学艺呢？"那父亲听后也

---

① 北新地：即曾根崎新地，大阪火车站附近的冶游区。

56

不肯示弱，反驳道："无论是打是骂都无妨，只是双目失明的人这么做实在危险，不知会打在什么地方造成伤害呢。盲人就该像盲人那样教授才好！"看他那气呼呼的架势，说不定会动手的，佐助赶忙介入调解，好歹平息了事态，劝他回去了。春琴脸色苍白，浑身颤抖，没有再说什么，始终没有一句道歉。因此，有人怀疑少女的父亲因为女儿被春琴破了相而以牙还牙，让春琴也付出毁容的代价。

不过，说是发际留了疤痕，其实无非是在面额正中或耳后根或其他什么地方留下了一点点伤痕而已。若这位父亲因此怀恨在心，残忍地加害春琴，让她毕生破相的话，纵然是出于爱女心切而头脑发昏，这种报复也太过极端了。首先，对方是个盲人，即使因被毁容而变丑，对本人来说也不会构成沉重的打击。再说，报复的对象如果只是针对春琴，应该还有其他更为快意的方式吧。看来，这个报复者不仅要让春琴痛苦，更想让佐助感受悲伤，以便使春琴的痛苦加倍。

仔细想来，比起那个少女的父亲，似乎怀疑利太郎更加合理，不知诸位以为如何？利太郎对春琴的单相思不知到了何等程度。不过，比起对那些妙龄女子，年轻男人往往更痴迷于年长于自己的妇人之美。这位花花公子想必是风流了一番过后，觉得这样的不行，那样的也不满意，荒唐到了最后，竟被盲人美女春琴迷了心窍吧。虽说利太郎起初是由于一时兴起而拼命追求春琴，万没想到不但碰了一鼻子灰，自己的眉宇间还被她划破，于是采取了如此歹毒的泄愤手段——这并非没有可能。

不过，由于春琴树敌太多，所以除了利太郎之外也可能还有别的什么人出于别的什么原因对春琴怀恨在心，所以也不能一口咬定就是利太郎所为。这起事件也未必是因痴情而引起的。就拿金钱方面的因素来说，像上文所述的穷人家盲人弟子那样，因送礼太薄而落得悲惨结局的也不止一两个人。

另外，据说还有一些人，即使不像利太郎这么厚颜无耻，也一直对佐助心怀妒忌的。佐助是一个有着特殊地位的"引路人"，这一点日子久了终归隐瞒不住，门中弟子无人不晓。因此，暗恋春琴者便暗地里羡慕佐助有福气，也会反感佐助殷勤周到地服侍春琴的样子。若佐助是春琴的合法夫君，或者至少享受着情人待遇，他们也无话可说。可在表面上佐助始终是个引路人、学徒，从按摩到搓澡，春琴的大小事情都由佐助一人包了下来。看他那副忠实仆从般低三下四的样子，知道内情者恐怕会觉得滑稽至极。还有不少人嘲讽道："要是给师傅当带路人，即便吃点苦头，我也干得了啊。没什么了不得的！"于是乎，人们迁怒于佐助：倘若春琴的美丽容貌有朝一日变得丑陋不堪，佐助这家伙会是什么表情？他还会继续这样尽心尽力地侍奉那完全依赖别人伺候的春琴吗？由此可知，也不能完全否定有人出于声东击西的敌本主义①而出此损招的可能性。

总而言之，对于这起事件，众说纷纭，真伪难辨。不过，另有一种颇有说服力的怀疑论，其对象是各位完全想不到的人。"同行是冤家，加害春琴的人恐怕不是她的门徒，而是某检校或某女师傅。"这一论点虽说并无任何凭据，说不定倒是看得最透彻的。因为春琴平素傲慢自恃，在技艺上以天下第一自居，加之社会上也有认可这一点的倾向，这就伤害了同行师傅们的自尊心，有时甚至会对他们构成威胁。检校这个称号，过去是昔日由京都赐予盲人男师傅的一种"尊称"，可以享有特别的待遇，穿着特殊衣物和乘车出行，人们对待他们的态度也和一般艺人不一样。如果世间传闻这些艺人的技艺不及春琴，盲人的报复心又格外强烈，恐怕会想方设法采用阴险手段，葬送春琴的技艺和声誉。从前常听说有艺人因妒忌而给同行喝水银。春琴声乐和器乐都很擅长，因此有人会利用她爱慕虚荣和自恃貌美的弱点，破她的脸相，使她此后无法再公开露面。如果加害者不是某检校而是某女师傅的话，那么一定是怨恨春琴自恃貌美，于是通过毁其容貌来获得极大的快感吧。

综合上述种种推测，说明春琴处在早晚有一天会遭人暗算的危险状态中，因为她已经在不知不觉中在四处埋下了祸根。

天下茶屋町的赏梅宴后大约一个半月，就在三月晦日之夜的丑

---

① 敌本主义：出自明智光秀"敌人在本能寺"一言。织田信长的得力部下明智光秀声称敌人在本能寺，起兵谋反，杀害其主人信长。

时后半刻，即凌晨三时左右，发生了那场灾难。《春琴传》上是这么记载的：

"佐助为春琴痛苦呻吟惊醒，即刻自邻室奔来，急点灯观察。似有人将雨窗撬开，潜入春琴卧房，因觉察佐助起身，未及窃取一物便逃之夭夭。环顾四周，已不见其踪影。彼时该贼人惊慌之余，顺手抄起铁壶，掷向春琴头部，壶中烫水飞溅，春琴丰颊白如瑞雪，不幸留下些许烫伤。虽白璧微瑕，花容月貌如故，然春琴日后为此微痕甚感羞惭，常以绉绸巾遮面，终日笼居室内，不肯现身人前，虽亲族门人亦难以窥见其貌，以至生出种种臆测。"

《春琴传》又曰："盖其伤痕轻微，无损于天赋美貌。至于为何避不见人，乃其洁癖所致，视微伤为耻，实乃盲人多虑也。"又曰："然不知是何因缘，数十日后，佐助亦患白内障，顷刻间双目昏黑。待感觉眼前朦胧一片，渐次不能辨物时，佐助即刻迈着盲人蹒跚步履，摸索着行至春琴面前，狂喜大呼：'师傅！佐助已双目失明，此生不复再见师傅容颜之微瑕也。可谓失明得其时哉。此必为天意耳。'春琴闻之，怃然良久。"佐助出于对师傅的深厚情意，不忍说破真相，而传记中关于此事经过的叙述只能看作是有意遮掩。佐助突然间患上白内障的说法让人难以相信。再者，纵然春琴的洁癖多么严重，盲人怎样多虑，倘若是无损于她天生丽质的烫伤，又为何用头巾遮面，不复见人呢？因此，事实应该是春琴的花容月貌已变得惨不忍睹。

据鸣泽照老妪及其他两三个人的说法，那人先潜入厨房，生火将水烧开后，提着开水壶闯进卧室，将壶嘴对着春琴的脸部浇下了开水。那贼人本是为此目的而来，既非一般的盗窃，也并非因为过于慌张。当夜，春琴完全不省人事，直到次日清晨才恢复了知觉。然而烫得溃烂的皮肤却花了两个多月的时间方才愈合，可见其烫伤相当严重。

关于春琴惨遭毁容后的模样，一时流言四起，诸如"春琴头发脱落，左半边脑袋全秃了"等。这些传言也不能一律说是毫无根据的臆测。佐助从此双目失明，当然看不见春琴的容貌了。但是《春琴传》中所谓的"虽亲族门人亦难窥见其貌"，事实是否真是这样呢？绝对不让他人看见，恐怕难以做到吧，至少这位鸣泽照老妇就不可能没见过。但是，鸣泽照也尊重佐助的意愿，绝不把春琴的真实面容说给他人。我也曾试探着问过她，她并不详谈，只是委婉地告诉我："佐助始终认定师傅是一位绝色美女，所以我也一直这么认为。"

春琴去世十余年后，佐助曾向身边的人讲起过自己失明的过程。依据这些，人们才得以了解当时的详细经过。春琴遭到暴徒袭击的那天晚上，佐助同往常一样，睡在春琴闺房的隔壁。当佐助听到响动，睁开眼来，发现长明烛灯已熄灭，只听到黑暗中有人在呻吟。佐助大惊，翻身跃起，先点上灯，然后提着长明灯朝屏风后的春琴床铺走去。佐助借着昏暗的纸灯笼映在金色屏风上的反光，环视屋子一圈，没有发现凌乱的迹象，只见春琴枕边扔着一把铁壶。被褥中，春琴静静地仰卧着，却不知为何呻吟不休。佐助起初以为春琴在做噩梦，便一边喊着"师傅，你怎么啦？师傅……"，一边走近枕边。正想把春琴摇醒时，他不禁"啊呀！"大喊了一声，立即用手捂住自己的眼睛。春琴气息奄奄地对他说："佐助，佐助，我的脸被烫烂了吧，千万别看我的脸啊。"她边说边痛苦地扭动着身子，胡乱挥着双手，想要把脸遮住。佐助见状，便说："请师傅放心，我不看你的脸，一直闭着眼睛呢。"说罢，他便把提灯挪到了远处。春琴听佐助这么说，也许是放松了便昏了过去，之后也一直处于昏昏沉沉的状态，不停地说着胡话："今后也不要让人看到我的脸，这件事一定要保密呀。"佐助安慰道："不会那么严重的。请师傅放宽心吧。等到伤口愈合后，师傅就会恢复到原来的模样的。"可是春琴听了，反驳道："这样严重的烫伤，怎么可能恢复到原来的模样呢？我不想听你这种宽心话，还是别看我的脸为好。"

随着神志渐渐恢复，春琴愈加执拗地重复这些话。除了医生之外，她甚至都不愿意让佐助看到自己的伤情，每逢换药和换绷带时把所有人都赶出病室。由此可知，佐助也只是在出事当晚，赶到春琴枕边的那一刻，看了她被烫伤的面部一眼，但他不忍直视，立刻背过脸去了。因此，在飘忽的灯影里，春琴留给佐助的印象不过是一种不像人脸的怪异幻影而已。此后，佐助看到的春琴，也只是从绷带间露出鼻孔和嘴巴的样子。可以想见，正如春琴怕被人看见一样，佐助也怕看到春琴的脸。他每次走近春琴的病榻时总是尽量闭上眼，或把视线移到别处。所以，春琴的面貌逐渐变成了什么样子，实际上佐助并不知道，况且他还主动避开了知道的机会。

因治疗调养得法，春琴的烫伤创面日渐好转。一天，病房里只有佐助一人侍坐时，春琴很苦恼似的突然问道："佐助，你看到过我的脸吧？"佐助答道："没有，没有，师傅说不准看，我怎敢违背师傅的吩咐呢！"春琴便道："我的伤眼看快要好了，等除去了绷带，医生也不再来了。到时候，别的人且不管，可是不得不让你看到我的这张脸啊。"连一向要强的春琴这次似乎也受到了打击，竟破天荒地流了泪，频频从绷带上拭去泪水。佐助也神情黯然，无言以答，唯有相对而泣。最后，佐助仿佛打定了什么主意似的说道："我保证做到不看师傅的脸，请师傅放心吧。"

几天后，春琴已经能下床了，伤口基本愈合，随时都可以拆去绷带了。就在这个时候，一天清晨，佐助偷偷从女仆屋里拿来她们用的镜子和缝衣针，然后端坐在床铺上，看着镜子，把针往自己的眼睛里扎。佐助并不了解用针刺眼睛就会失明的常识，无非是想用尽可能简便又不痛苦的办法使自己变成盲人。他试着用针刺入左眼的黑眼珠，要刺中眼珠似乎并不那么容易。眼白较硬，针刺不进去，黑眼珠毕竟软些，轻轻两三下，只听扑哧一声刺进了两分左右，顿时眼前一片白浊。他知道自己已经失去了视力，既没有出血或灼热感，也没有感到疼痛。大概是破坏了水晶体组织的缘故，造成了外伤性白内障。接着，佐助又以同样的办法刺中右眼珠，就这样转瞬之间，两只眼睛都看不见了。不过，听说刚刺瞎后，他还能模模糊糊看到物体的形象，大约过了十天以后就完全看不见了。

过了不久，春琴能下地了。佐助摸索着走进里间，匍匐在春琴面前说："师傅，我成了盲人，一辈子也不能看见师傅的脸了。""佐助，这是真的吗？"春琴只问了这么一句，便陷入久久的沉思。佐助有生以来从未感受过这几分钟沉默给予他的这般巨大的快乐。据说古时的恶人七兵卫景清①，因看到赖朝②智勇双全，遂断了复仇之念，发誓不再与此人相见，剜去自己的双眼。佐助虽动机不同，其志之悲壮却是同样。虽说如此，春琴所期望的真是如此吗？前些天她流着泪对佐助说的话，是否即是"既然我已遭此难，希望你也成为盲人"之意？此事实在难下定论。不过，当听到春琴说的短短那句"佐助，这是真的吗"时，佐助仿佛感到师傅喜悦得浑身战栗。在师徒二人相对无语的那段时间里，只有盲人才具有的第六感在佐助的感官上萌生。他自然而然地体会到春琴心中唯有对自己的感谢之意，并无他念。

---

① 平景清：生卒年不详，是平家最勇武的勇士，为其伯父报仇而被人出卖，被源氏以"恶七兵卫"之名通缉。源赖朝的手下和田义盛将其活捉的翌年三月，平景清绝食自杀。他成为盲人的故事在谣曲及净琉璃中都有记载。

② 源赖朝（1147—1199）：镰仓幕府第一代将军。

佐助感到，迄今为止，自己虽与师傅有着肉体关系，但是两颗心一直受师徒之别的阻隔，而今终于紧密相连，融为一体了。少年时期自己躲在壁橱的黑暗中练习三弦琴的记忆复苏了，但此时心境与那时全然不同。大凡盲人还具有一些对光的方向感，因此盲人的视野是朦胧的，并非一片漆黑。佐助明白：自己现在虽然失去了外界的眼睛，却同时睁开了内界的眼睛。"呜呼！原来这就是师傅居住的世界！现在我终于能够和师傅居住在同一个世界里了。"佐助衰退的视力已经看不见屋子里的东西和春琴的模样，唯有春琴那被绷带裹住的面孔依然白蒙蒙的，映在他的视网膜上。佐助觉得那不是绷带，而是两个月前师傅那张银盘般白皙丰满的脸，浮现在混沌的光环中，宛如那接引佛①一般。

春琴问："佐助，你痛不痛啊？"

佐助答道："不痛，一点也不痛。同师傅遭的大难相比，我这点痛根本不足挂齿。那天晚上，恶徒潜入房来，使师傅蒙此大难，我却兀自睡得死死的，实在是疏忽大意。师傅让我每晚睡在隔壁，正是为了防备万一，却因我的不慎让师傅蒙受苦难，自己却安然无恙。我心中愧疚万分，唯有朝夕向神灵祈求：'请老天也赐给我灾难吧。如此下去，我实在无地自容。'感动上苍，得偿所愿，真是

---

① 接引佛：平安时代中期开始出现的佛像，画有阿弥陀佛领着众菩萨由极乐净土下
　来迎接世人。

幸运之至。今天早晨起床，就发现两眼看不见了。这一定是神灵见我心诚，垂怜于我，遂我心愿吧。师傅，师傅，我已看不到师傅改变了的容貌。而今我能见到的，只有师傅三十年来一直烙印在我眼底的、令我难忘的容颜。请师傅像从前那样放心地让我在身边服侍吧。因突然失明，恐怕动作笨拙，做事多有不如意之处，但是，至少师傅日常生活上的贴身琐事还是请交给我来做吧。"说罢，佐助将盲目朝着发出一团白蒙蒙的圆光方向——春琴的脸望去。

春琴便说："你竟然为了我这般决绝，我心里欢喜。可是我不知得罪了何人遭此灾难，说心里话，我宁愿让别人看到我现在的这副丑样，也不能让你看到。你真是深知我心呐。"

佐助答道："感谢师傅夸赞。师傅这番话太让我高兴了，这是即便用双目失明也换不来的。歹人企图让师傅和我整天愁眉苦脸地生活而加害于师傅。虽不知那歹人是何处何人，但若是想通过让师傅毁容来让我痛苦，那我就不再看师傅的脸好了。只要我也成了盲人，师傅遭受的灾难不就等于不曾有过吗？那个家伙的罪恶企图化为了泡影，恐怕他做梦也想不到会竹篮打水一场空吧。说实在的，我不但没有感到不幸，反而觉得无比幸福。一想到那个卑鄙之徒反倒让我占了个便宜，因祸得福，心里别提多痛快了。"

"佐助，什么也别说了。"同为盲人的师徒二人相拥而泣。

对他们二人转祸为福后的生活情况，最为了解的健在者只有鸱泽照老妇一人了。老妇今年七十一岁，她作为内弟子住进春琴家中是在明治七年，那年她十二岁。她除了跟着佐助学丝竹之艺外，还在两位盲人师傅之间担任某种不同于引路人的"照料者"角色。由于一位是仓促间成了盲人，另一位虽是自幼失明却过惯了衣来伸手饭来张口的奢侈生活，因此非得有一个人居中打理不可。于是他们决定雇佣一位老实厚道的少女。鸭泽照被雇佣后，为人本分，深得二人的信任，遂被长久留用。据说春琴去世后，她又照料佐助，直至佐助于明治二十三年获得检校之位为止。鸭泽照在明治七年进入春琴家中时，春琴已四十六岁，自遭难后过去了九个春秋，可算是老妇人了。她听人说，春琴因某种原因不让别人看到面容。平日春琴总是身着凸纹纺绸圆领罩衣，跪坐在厚厚的座垫上，头上裹着一条黄褐色的绉绸巾，只露出鼻子。头巾两个边角垂至眼睑，遮住了整个脸颊和嘴。

佐助刺瞎双眼时是四十一岁，即将跨入老年的失明，其生活之不便可想而知。然而，他对春琴依然照料得无微不至，竭尽所能不让春琴感到丝毫不便。旁人看了都不禁为之心痛。春琴也看不上其他人的伺候，常说："照料我的日常起居，即便是明眼人也干不好。只有佐助最熟悉，多年来已养成习惯了。"从穿衣、沐浴到按摩、如厕等，她仍然依赖佐助。而鸭泽照的任务，与其说是伺候春琴，倒不如说主要是照料佐助。她几乎没有直接碰过春琴的身体。只有伺候春琴吃饭一事，没有鸭泽照是不行的。除此以外，鸭泽照只是帮着递送需要的东西，间接地协助佐助伺候春琴。以沐浴为例，她只需将二人送到浴室门口，然后退下，等听到拍手声传来再进去接他们。每次走进浴室，春琴都已经沐浴完，穿好了浴衣，包着头巾，就是说沐浴的一应事宜均由佐助一个人承担。一个盲人究竟是如何为另一个盲人洗浴的呢？大概就如春琴曾经用手抚摸那老梅树干一样吧，有多少困难可想而知。况且事事如此，岂不累煞人也？佐助竟然能够长年累月地坚持至今，旁人都为此感慨不已，然而当事人似乎乐在其中，默默无语地互相表达着细腻的爱情。说起来，盲人之间依靠触觉所感受到的爱的快乐，毕竟是正常人无法想象的。佐助就是这样献身般服侍着春琴，春琴也乐于享受，彼此丝毫不觉疲惫也在情理之中。

佐助除了照料春琴，还要挤出时间教授众男女门徒学艺。当时，春琴过着闭门谢客的日子，她给佐助起了个雅号"琴台"，将教授弟子诸事全部交给了佐助。那块"音曲指南"的招牌上，也在"鵙屋春琴"旁边添上了小号字的"温井琴台"。佐助的忠义和温顺早已深得左邻右舍的同情，所以前来学艺的门徒反而比春琴时期更多。滑稽的是，佐助在教学的时候，春琴独自待在内室，沉醉于黄莺的鸣啭。但是，每当她需要非佐助亲自过来处理不可的事情时，即便佐助正在上课也会大声喊叫"佐助、佐助"。佐助只要一听到呼唤，不管在做什么都会立刻放下，赶回内室。因此缘故，佐助总是担心春琴，从不外出讲课，只在家中教授门徒。这里必须说明一下：其时，道修町春琴家的鵙屋店铺已日渐衰败，每月的生活费也多有中断。若非如此，佐助又何必收徒教授音曲呢？佐助犹如一只单羽鸟，于忙碌中还要不时抽出时间飞到春琴身边去照看她。想必佐助虽在上课却是心神不定，而春琴也同样为此而愁苦吧。

佐助接替师傅带徒授艺，勉勉强强地维持着一家的生计，可是为什么不和春琴正式结婚呢？难道春琴的自尊心使她仍旧拒绝成婚吗？鸭泽照老妇曾亲耳听佐助对她说其实春琴已经不再坚持了，倒是佐助看到春琴的变化不禁悲从中来——他无法想象春琴变成了一个可悲可怜的女子。佐助毕竟已双目失明，闭合了看现实世界的眼睛，跃入了永劫不变的主观之境。他的视野里，只有过去的记忆。倘若春琴因遭灾而改变了性格，那么她就不再是春琴了。佐助的脑海里永远是那个骄傲的春琴。如果她改变了，那么他眼中烙印的美貌的春琴形象便在顷刻间崩塌。由此推测，不想结婚的一方并非春琴，倒是佐助。对佐助来说，现实中的春琴乃是唤起他心目中那美好的春琴的一种媒介，为此他尽力避免与春琴平起平坐。他不仅严守主仆之规，而且比从前更谦卑地竭尽全力伺候她，努力让春琴早日忘却不幸，恢复昔日的自信。

即便是授课后，佐助也一如从前，甘于微薄的薪金，过着和其他男仆一样陋衣粗食的日子，把全部收入供春琴使用。他还为了省其他开销，裁减了仆人，处处精打细算，唯独满足春琴的需求时丝毫不变，因此失明之后，佐助比从前加倍辛劳了。据鸭泽照说：当时，众门徒看到佐助的衣着太过寒酸，甚为同情，有人委婉地劝他稍微修整一下，但佐助不以为然。时至今日，他仍不准众门徒称呼他"师傅"，必须叫他"佐助君"。这令众徒弟十分为难，只好尽可能不称呼他。唯有鸭泽照一人例外，因职务之故不得不称呼他。她总是称春琴为"师傅"，称佐助为"佐助君"，也就习惯成自然了。春琴去世后，佐助之所以把鸭泽照当作唯一可以说话的人，时常一起回忆有关春琴的往事，也是因为有着这样一层关系。

后来，佐助成了检校，众人就不必再顾忌春琴了，所以人们都称他为"师傅"或者"琴台先生"。但他仍喜欢鸭泽照称他"佐助君"，不让她用敬称来称呼。他曾对鸭泽照这样说："世人都以失明为不幸。可是我自己失明后，不但没有这种感觉，恰恰相反，觉得这世界仿佛变成了极乐净土，仿佛只有我和师傅两个人住在莲花座上似的。这么说是因为双目失明后，我看到了许许多多失明之前看不到的东西。就连师傅的容貌，也是在失明以后才深深感觉如此美丽动人。还有，师傅的手足如此细嫩，肌肤如此润滑，嗓音如此优美，也都是我失明之后方才深刻体会到的，为什么未盲时没有这种感受呢？太不可思议了。尤其是双目失明之后，我才领略到了师傅弹奏的三弦琴音色竟是那般美妙绝伦。以往虽然口中常常说'师傅是此道的天才'，直到现在才明白了这一评价的真正含义。相比之下，我的技艺还不够圆熟，差距之大出乎意料。一直以来我却对此没有察觉，真是可惜可叹！失明使我意识到了自己的愚蠢。所以说，即使老天要让我重见光明，我也会拒绝的。无论是师傅还是我自身，正是失明才使我们品味到了明眼人无法体会的幸福。"

佐助的这番话毕竟局限于他个人的主观感觉，所以到底有多少符合客观情况尚可置疑。但是，别的姑且不说，单就春琴在技艺上的造诣不正是以此不幸为转机，获得了显著的进步吗？纵然春琴在音曲方面拥有天赋，若不曾尝过人生的辛酸悲苦，也难以悟得艺道的真谛！她自幼一直骄纵任性，对他人过于苛求，自己则不知辛劳和屈辱为何物，对她的骄横傲慢也不曾有人敢冒犯。然而上苍却将酷烈的考验降于她，使她一度命悬一线，击碎了她的增上慢①。可见，毁容之灾从多种意义上说，对她而言相当于一味良药，使她得以在爱情和艺术上进入了从不曾梦想过的三昧之境。

鸨泽照屡屡听到春琴为打发无聊的时间而独自抚弦，并且看到侍坐一旁的佐助，心醉神迷地垂首倾听。众门徒听到自内室流淌而出的精妙弦音，无不为之诧异，纷纷议论："那三弦琴内莫非装有特别的机关不成？"在这段时期里，春琴不光磨炼抚琴之技，还潜心于作曲，经常在深更半夜里用指甲轻轻来回拨弄琴弦的各个音阶，试着连缀成曲。鸨泽照记得春琴创作的《春莺啭》和《六棱花》两首曲子。前几天，这位老妇曾弹给我听过，感觉曲调富于独创性，从中足以窥见春琴的作曲家天分。

---

① 增上慢：佛语，"于未证得殊胜德中，谓已证得，名增上慢"（《俱舍论》），意为对道理只是一知半解，却认为自己全都知道了，起了慢心，自认胜过他人。

春琴于明治十九年六月上旬患了病。患病前几天，她曾同佐助一起下至中庭，打开最珍爱的云雀鸟笼，将云雀放向空中。云雀不停地鸣叫着，一直飞往高高的云端。鸭泽照看见两位盲人师徒手牵着手，仰望着天空，倾听云雀的鸣啭声自高远的空中落下来。可是，左等右等，过了许久许久也不见云雀飞落下来。由于时间过长，师徒二人都担心起来。就这样等了一个多小时，云雀最终也没有飞回笼里来。此后，春琴便一直快快不乐，不多久就患上了脚气病①。到了秋天，春琴的病势越发沉重，终于在十月十四日因心脏停搏告别了人世。

除云雀外，春琴家中还养着第三代天鼓。春琴去世后，这只天鼓还活着，但是佐助很久都不能平复悲痛，每次听到天鼓的鸣叫声便会流泪不止。他一有闲暇便跪在佛前焚香，有时用古筝，有时用三弦琴弹奏《春莺啭》。此曲以"缑蛮黄鸟，止于丘隅"②起头，乃春琴的代表曲作，可谓倾尽了她的心血，曲词虽短，却配以极复杂的间奏。春琴是听着天鼓的鸣啭声构思出这支曲子的。间奏旋律从"即将解冻黄莺泪"③的深山积雪开始融化的初春季节开始，

---

① 脚气病：由维生素B1缺乏引起，以消化系统、神经系统和心血管系统症状为主的全身性疾病。

② 语出《诗经·小雅》。缑蛮，指美妙的鸟鸣声，《诗经》中原为"绵蛮"，在《大学》中作"缑蛮"。

③ 语出《古今和歌集》二藤后条原高子所作和歌，原文此句为：莺（うぐひす）の 凍（こほ）れる涙（なみだ） 今（いま）や溶（と）く覧（らむ）。

把人们引入千姿百态的美景中——水位渐高的潺潺溪流，东风到访的松籁之声，以及那山野烟霞、芬芳梅香、如雪樱花。曲子含蓄地诉说着啼鸟飞越山谷雀跃枝头的心声。

春琴生前一弹奏此曲，那只天鼓也会欢喜得高声鸣叫，与弦音一争上下。也许天鼓听到此曲，会想起自己出生的溪谷，向往那辽阔天地间的灿烂阳光吧。而今佐助弹奏《春莺啭》时，他的心魂会飞到什么地方去呢？他已习惯凭借触觉这一媒介凝视主观意象中的春琴。难道他是想以听觉来弥补失明的缺陷吗？人只要不失去记忆，就能够在梦里与故人相见。但是，对一直只能在梦中见到钟爱的女人的佐助而言，恐怕很难确切说出与春琴死别的具体时刻吧。

顺便提一句，除了前面提到过的那个孩子外，春琴同佐助还生过二男一女。女儿出生后就夭折了。两个男孩都是在襁褓中就送给了河内的农家。春琴去世后，佐助似乎并不思念这两个孩子，不打算领他们回来。孩子们也不愿回到双目失明的亲生父亲身边。所以，佐助晚年既无子嗣亦无妻妾，是由众门徒照料起居的。明治四十年十月十四日，恰逢光誉春琴惠照禅定尼的祥月忌日这一天，佐助以八十三岁高龄离世。

由上述情况推测，在长达二十一年的孤独岁月中，佐助在自己心中塑造出了一个与生前的春琴迥然不同的春琴形象。这样的春琴，多年后越来越清晰地浮现在他的脑海里。据说天龙寺①的峨山和尚②听闻佐助刺瞎自己双眼一事后，赞赏佐助深得转瞬之间切断内外、化丑为美之禅机，赞曰："近乎达人之所为也。"不知诸位读者，能否认同？

---

① 天龙寺：位于京都岚山，建于公元 1339 年，为临济宗天龙寺院派总院，是足利尊氏、梦窗疎石开创，京都寺院五山之首。

② 峨山和尚（1852—1900）：即桥本峨山，天龙寺第三代住持，峨山为其道号。

刈　芦

悔不当初与君别，刈芦度日苦思念，难波之浦居亦难。①

　　记得那还是住在冈本时的事了，那年九月的一天，正值秋晴好天气，傍晚时分——其实不过三点多钟，我突然想去附近转一转。可是去远处的话，时间晚了些，近处又大都去过了，最好是去一处两三个小时便可返回的地方散散心。不知可有那种一般人想不到的、被遗忘了的地方呢？我左思右想，忽然想起自己曾经想到水无濑宫去看一看，却一直没有遇到合适的机缘，所以至今未能去成。那水无濑宫，即是后鸟羽院的离宫旧址。据《增镜》②的《棘下》

────────────

① 选自能剧《刈芦》的谣曲。此剧描写了以刈芦为生的夫妻因贫穷而分别后偶然相遇，此后再不分开的故事。这首诗是夫妻重逢时丈夫对妻子说的话。能剧是日本最主要的传统戏剧。

② 《增镜》：日本历史物语，作者不详，一说为二条良基，记述了公元 1183 至 1333 年间十五代皇室的事迹，与《大镜》《今镜》《水镜》合称"四镜"。

中记载：

"鸟羽上皇、白河上皇等都曾修缮过此宫，不时驾临游玩，并在名为'水无濑'之地建造难以描述的奢华庭园，常前来小住。每逢春秋赏樱花、红叶的时节，便兴师动众，大驾光临，尽兴游乐。由此处还可远眺水无濑川，景致绝佳。元久[①]时举行的赛歌中曾有过这样的诗作：

水无濑川绕山流，远望山麓环玉带，日暮景观堪比秋。

"那茅草葺顶的渡廊擦得锃亮，远远望去煞是好看。从对面山上引来的瀑布潺潺流淌着，瀑布坠落处怪石嶙峋，还有布满青苔的山树与枝丫交错的庭园矮松，一起构成了宛如千年仙洞般幽深莫测的美景。在庭院里栽种植物时，上皇设宴招待了众多来宾，当时身份仅仅是下腊[②]的藤原定家中纳言，献上了下面这首和歌：

主君若松约千年，盛世绵长君之代，引水飞瀑流万载。

"后鸟羽上皇动辄前往水无濑宫，或欣赏琴笛之声，或观赏应季的樱花、红叶，纵情享受各种玩乐意趣。"

---

① 元久：日本年号，公元 1204 至 1206 年。
② 下腊：根据资历排序的下等官位。

78

可见这里正是此篇记事中所记载的水无濑离宫了。从我多年前第一次读《增镜》时起，水无濑宫便刻印在了脑子里。"水无濑川绕山流，远望山麓环玉带，日暮景观堪比秋。"我很喜欢上皇的和歌。比如明石浦的御歌"渔夫摇橹川上走，渔船滑入迷雾中"，以及隐岐岛的御歌"我才是那新岛守"，这些上皇吟咏之作打动人心，印象深刻的为数不少，尤其读到这首和歌时，感受到上皇曾经饱览的水无濑川美景历历浮现在眼前，哀婉与温馨的怀念之情不禁油然而生。

尽管如此，那时我还不熟悉关西地理，以为水无濑宫位于京都郊外某处，并没打算去搞清楚，直到最近才知道，这离宫靠近山城国和摄津国①的交界，坐落在距山崎驿站十余町的淀川边上，至今其旧址上仍建有祭祀后鸟羽院的神社。看来，现在去造访那水无濑宫正是时候。虽说去山崎，乘火车很快就到，乘坐阪急线换乘新京阪线更是便捷。加之那天正是十五月圆夜，归途中在淀川边赏月也是个很不错的余兴。打定主意后，考虑到那地方不宜带着女人孩子前去，遂独自一人不告而往。

山崎位于山城国乙训郡，水无濑宫原址在摄津国三岛郡。因此从大阪去的话，要在新京阪的大山崎站下车，然后往回走，在抵达离宫遗址前要穿过国境。对山崎这地方，我只是曾经在省线车站附

---

① 山城、摄津均为旧国名，山城国即京都，摄津国即大阪、兵库一带。

近转悠过，从西国海道①往西去，这还是头一次。往前走了不远，便出现了岔路，往右去的那条路的转角处立着一块旧石路标——那是由芥川经池田去伊丹的路。记得《信长记》②里有一篇战争记事，记载了曾经活跃在从伊丹连接芥川、山崎一带的荒木村重或池田胜入斋这些战国武将们。古时那一带大概是大路，沿淀川河岸走海路或许方便行船，但穿行于芦荻茂盛的湖岔或沼泽地，不宜陆路旅行。

　　如此说来，听说来时所乘电车的沿线有江口渡船的遗迹，那个江口现在也划入了大阪市内，而山崎自去年京都扩张版图以来也被编入了大都市的一部分，然而由于京都和大阪之间的气候风土不同，无法想象如阪神之间那样一下子开辟为田园都市或文化住宅区，故而短时期内，杂草丛生的野趣是不会消失的。连《忠臣藏》③里也说这一带海路常有野猪、劫匪出没，想必古时更加荒凉了。时至今日，道路两旁仍可以看到一座座茅草葺顶的住家，在我这看惯了阪急沿线的西式城镇、村落的人眼里，这些农居显得格外古老。

　　"因遭不实之罪，深感痛苦，不久在山崎出家。"《大镜》中

---

① 西国海道：日本江户时代行政区划的五畿七道之一，指九州及其周边岛屿的范围。

② 《信长记》：即《信长公记》，织田信长旧将太田牛一（和泉守）所著的半传记式回忆录。

③ 《忠臣藏》：日本歌舞伎名剧目，原为净琉璃剧本，取材于赤穗义士事件。当时有个恶人吉良逼死了小诸侯浅野。后来，原浅野手下的浪士在总管大石内藏助的率领下，杀死了吉良，为主人报了仇。

这样记载了北野的天神①于流放途中，在此处皈依佛门，并吟咏了那首"离京步步回首望，君之居所渐朦胧，只见高高树梢摇"②的和歌。这一带就是历史如此悠久的驿路。或许在平安朝设定都域版图时，就已经开设了这个驿站。我一边想着这些事，一边仔细打量着那一座座古老民居，恍惚觉得旧幕府时代的空气飘荡在那些昏暗的屋檐下。

过了那座桥后——桥下面当是水无濑川，沿着街道再往前走几步，向左一转就到了离宫旧址。现在那里建了一个官币中社③，以因承久之乱④而失势的后鸟羽、土御门、顺德三帝为该神社的祭神。由于此地神社、佛阁众多，该神社的建筑与风貌在这地方算不上特别出色。但如上所述，我的脑子里已先有了《增镜》故事的铺垫，因此一想到这里就是镰仓初期王公贵族们举行四季游宴的遗址，不禁觉得一木一石都脉脉含情了。

我在路旁坐下，抽了一支烟后，在不太宽阔的神社里随意踱起步来。此地距离海道虽咫尺之远，却位于篱笆上开着种种秋花的几家民居后面，是一处幽静隐蔽、精致紧凑的袋形占地。不过，我猜

---

① 北野的天神：即菅原道真（845—903），日本平安时代中期公卿、著名学者，被日本人尊为学问之神。他死后，人们修建了北野天满宫供奉之，故有此称。

② 原文是和歌的上半句，此译诗是将下半句一起翻译的。

③ 官币中社：由神祇宫供奉钱帛的神社，明治后改为宫内省供给，此类神社分大、中、小。

④ 承久之乱：承久三年，后鸟羽上皇企图讨灭镰仓幕府，事败，导致公家势力衰微，武家势力强盛。

想后鸟羽院的离宫面积恐怕不会如此狭小，应该一直伸展到刚才来时经过的水无濑川岸边。推想从前，上皇或站在水边的楼上，或于闲庭漫步之时，放眼眺望河面，发出"远望山麓环玉带，日暮景观堪比秋"的感慨吧。

《增镜》里还记载："夏季上皇常行至水无濑宫之钓殿[1]，饮冰水，请公卿们吃冷水泡饭。上皇曰：'呜呼，昔日紫式部[2]可谓风雅至极也。《源氏物语》中有西山草民奉献附近西川河鱼，形如鰕虎鱼，且于皇上面前即席烹制，供皇上品尝。实乃可羡可叹之美事，如今已享受不到此等鲜美料理，惜哉惜哉！'立于高栏边的侍从秦某闻言，当即从池边割来一片芦苇，盛上池中水淘洗了白米献与上皇，曰：'在下本欲捞鱼，可惜鱼已逃掉。'上皇赞道：'此举颇为有趣。'遂脱衣赐之，开怀畅饮。"

照此看来，那钓殿的水池想必是与河流连通的了。而且，此地的南面，距神社背后仅隔几百米的距离，恐怕便有淀川流经。那条河流虽然在此处看不见，但对岸男山八幡的茂密山峰之间流淌着的一条大河，更像是迫近眼前，直落眉头一般。我举目远眺泉水潺潺的山体背阴一面，抬头仰望男山八幡对面的耸立在神社北面的天王山峰，走在海道上时没有觉察，来到此处后放眼四望，方知自己

---

① 钓殿：日本传统庭园建筑，其形式多为一半伸出水面，作为夏季纳凉或钓鱼、赏景的场所。

② 紫式部：日本平安时代著名女作家，著有《源氏物语》。"紫"取自作品中主要人物"紫之上"，"式部"来自其父兄的官职"式部丞"。

站立之处原来是锅底状的峡谷中，被南北两座高山如屏风般遮蔽了天空。见识到了这般险峻的山河，我自然明白了王朝的某个时期为何在山崎设关隘，明白了为何此处乃是防范西方之敌进攻京城的要塞。以东边的京都为中心的山城平原，和以西面的大阪为中心的摄河泉平原，于此处被挤压成狭长地域，一条大河从当中流过。因此，尽管京都和大阪是由淀川连接起来的，但风土气候以此地为界两者迥然不同。据大阪人说，即使京都正在下雨，山崎以西却可能是晴天。冬天乘火车一过山崎，就会感觉气温骤降。如此说来，我的确感觉所到之处竹林掩映的村落、农家房屋的样式、树木的风貌、土地的颜色等，与嵯峨一带的郊外相似乃尔，仿佛京都的乡间延伸到了这里似的。

　　从神社出来，我沿着海道内侧的小路返回水无濑川边，登上河堤。只见上游方向的湖光山色，在七百年间虽有几分改变，但读到上皇的和歌时，自己内心悄然描绘的景致，与眼前所看到的风光颇有似曾相识之感。因为一直以来，我心目中的那个地方差不多就是这样的景色吧。那里并没有堪称巍峨峭壁或惊涛拍岸的胜境绝景，而是蜿蜒起伏的山丘、平缓流淌的河水，以及使它们愈加柔和、朦胧的夕霭。换句话说，那里是如同大和绘①一般温雅平和的景致。一般说来，对自然风物的感觉是因人而异的，有人会对这种地方不

① 大和绘：日本10世纪前后产生的本土绘画，与当时流行于日本的唐绘相区别。

屑一顾吧。然而，我看到这既不壮观也不奇拔的凡山俗水，反倒更想展开想象的翅膀，真想就这样一直站在这里欣赏风景。这风景虽然不会让人感到惊心动魄，却绽开它那热情的微笑迎接旅人。乍看之下并无感觉，若站得时间长了，便会沉醉于这慈母温暖怀抱般的柔情之中。尤其是倍感孤寂的黄昏时分，那河面上的薄云雾霭仿佛在远处招手，令人渴望被它吸入其中，诚如后鸟羽院所吟咏的"日暮景观堪比秋"。此黄昏若是在春日，那郁郁葱葱的山麓会披上红艳艳的晚霞，河流两岸、山峦峡谷，处处樱花如云，又将增添多少温馨啊！由此可知，当时宫中人所眺望的，正是这样美丽的景色。然而，真正的优美，非精于此道的都市人不能理解。同理，于平凡无奇中见情趣的此情此景，若无昔日宫中人的雅怀，观之只觉索然无味也不足为奇。

我伫立在天色渐暗的河堤上，心下思忖着：当年上皇和贵族、公卿们一起吃凉水泡饭的钓殿到底在哪里呢？我将目光移向下游方向，并向右岸一带望去。那边都是葱郁茂盛的树林，一直延伸到神社的后面。可以认定，这一大片树林的所在地显然就是离宫的遗址。不仅如此，从这里还可以望见淀川主流，水无濑川最终汇入了淀川。我顿时领悟到了离宫所处的优越地理位置。上皇的宫殿一定是南靠淀川，东临水无濑川，占据此二河相交之一隅，拥数万坪广袤占地的大庭园。果真如此的话，从伏见这里乘船而下，便可系舟于钓殿勾栏之下了，往来京都也相当便利，由此可印证《增镜》中的"动辄摆驾水无濑宫"之说。这不禁令我想起自己幼年时代，在隅田川西岸临水修建的桥场、今户、小松岛、言问等风雅别致的富豪别墅。打个冒昧的比喻，在此宫殿内时常举办的风流冶宴上，上皇说着"昔日紫式部可谓风雅至极也。如今已享受不到此等鲜美料理"，听着身边侍从恭维"在下本欲捞鱼，可惜鱼已逃掉"的样子，颇有些江户玩家的派头吧。而且，这里与缺乏情趣的隅田川不同：清晨傍晚，男山的翠峦投影水中，舟楫在这倒影中往来穿梭，这大河风情不知令上皇多么欣慰畅快，给游宴平添了几多情趣啊。

日后上皇讨伐幕府计划失败，在隐岐岛度过了十九个春秋。面对海岛的狂风惊涛，他回想往日的锦绣荣华，最频繁浮现在他眼前的当是这一带的山容水色，以及在此宫殿度过的一个个热闹的宴游之日吧。如此这般追怀感慨之余，我竟也浮想联翩起来，想象起了当时的种种景物来，弦音袅袅，水声潺潺，就连月卿云客的欢歌笑语也回响在耳边。不知不觉中我意识到已近黄昏，取出表一看，已是六时。白天暖和，走几步路便热得出汗，可毕竟是秋日，到了日落时分只觉寒气袭身。我突然感到肚子饿了，觉得有必要趁等待月出之时先找个地方吃晚饭，于是便从堤上走回镇去。

我知道这街上不会有像样的饭馆，所以只要吃饱肚子，暖暖身体即可。我进了一家面馆，喝了二合酒，吃下两碗狐面①，出门时

---

① 狐面：加了油炸豆腐和葱花的清汤面。

带了一瓶烫热的正宗酒①，按店主指的路走下河滩，朝渡口方向走去。店主听我说打算乘船去淀川上赏月，便指点我："先生不必坐船。就在不远的市镇边上有去对岸桥头的渡船。说到这渡船，因淀川河面宽，河中有一处沙洲，渡船先从此岸到达那沙洲上，乘客再从那沙洲转搭其他渡船到对岸去。先生借此机会欣赏河中月色，如何？"店主又补充道："桥头那边有烟花巷，渡船刚好在靠近烟花巷的岸边停靠，故而直到晚上十时、十一时，仍有渡船往返。若有兴致，可往返多次细细赏月。"

　　店主的热情令我感到愉快，一路走去，让凉飕飕的夜风吹拂着自己微醺的脸颊。到达渡口这段路程感觉比店家说的要远些。到了那儿一看，河中央果然有个沙洲。沙洲的下游那端还能看见，但上游那端则在朦胧之中望不到头。这沙洲说不定并非大江之中的独立岛屿，而是桂川在此汇入淀川主流的先端呢？总之，木津、宇治、加茂、桂诸河在这一带汇合为一处，将山城、近江、河内、伊贺、丹波五国之水汇集于此。从前的画本《淀川两岸一览》的画页上，描绘了从这里稍往上游去一处叫作"狐渡"的渡口，渡口宽百十间②，因此，这里应该比那边的江面更宽阔。而现在所说的沙洲，并不是位于河流正中，而是更靠近此岸。我坐在河滩的沙砾上等待渡船时，只见有一条船从遥远彼岸灯火闪烁的桥本町驶向那个沙

---

① 正宗酒：即日本老牌清酒菊正宗酒。

② 间：日本长度单位，1 间为 1.818 米。

洲，而后客人下船穿过沙洲，步行到这边泊船的岸边来。说起来，我已很久没有搭乘渡船了。与儿时印象中的山谷、竹屋、二子、矢口等渡口相比，这河中夹着个沙洲，给人以格外悠闲安静的感觉，而且万没想到在京都与大阪之间，现在仍遗留着如此古风的交通工具，简直是意外的收获。

前面所说的画本上出现的桥本町图，描绘着明月高悬在男山后方的天空上，并配有香川景树①的和歌"明月高挂男山巅，淀川舟楫月影中"，以及其角②的俳谐"新月啊，何时初照古男山"。我搭乘的渡船泊靠沙洲时，男山正如那幅画一般：一轮圆月挂在山后方，郁葱苍翠的树木反射出天鹅绒般的色泽，天空中仍残留着几缕晚霞余晖，四周已被黑沉沉的夜幕笼罩了。

"来吧，来乘我的船吧！"沙洲另一处的船夫向我招呼道。

"不着急，回头肯定会上你的船。我还想在这里吹一吹江风再走。"

我回了这句后，便踏进被露水打湿的杂草丛中，独自朝沙洲尖头那边走去，走到生长着芦苇的水边就蹲了下来。果然在这里犹如泛舟中流，可以饱览月色下的两岸景色。我虽将自己置身于月亮右面，面朝下游，可不知何时起，河流已被润泽的蓝光包裹，比刚才

---

① 香川景树（1768—1843）：江户时代晚期短歌作家、文学家、歌人。

② 宝井其角（1661—1707）：著名作家，精通医术、诗歌、书画等，本名竹下侃宪，被认为是蕉门十哲第一。松尾芭蕉死后继承了芭蕉的意志，极大推动俳句发展。

傍晚的光照下所看到的更加宽阔了似的。杜诗里的洞庭湖诗句、《琵琶行》里的诗句、《赤壁赋》中的一节等好久未有机会想起的十分悦耳的汉诗，此时此刻竟然以朗朗之声脱口而出。

如此说来，正如景树所咏的"淀川舟楫月影中"那样，从前在这样的晚上，也有三十石船为首的无数船只上下往来于此河流，但现在，除了那只偶尔运送的渡船外，完全看不到舟船的影子。我将带来的正宗酒瓶对嘴仰头豪饮，借酒兴高声吟诵："浔阳江头夜送客，枫叶荻花秋瑟瑟。"正吟诵时忽然想到一事：在这片繁茂的芦苇荡中，不知曾有过多少与白乐天《琵琶行》相仿的情景啊！若江口或神崎位于这条河的下游附近，想必驾一叶扁舟徘徊于这一带的娼女也不会少吧。想那王朝盛世，大江匡衡①曾著有《见游女序》，记述了这条河流的繁华，叹息其淫风之盛。书中写道："河阳介于山、河、摄三州之间，为天下要津，来自东西南北者莫不经由此路往返。其民俗乃向天下炫耀其女色也。老少相携，邑里相望，系舟门前，留客河中。年少者涂脂抹粉，惑人心魄；年老者以撑伞使篙为己任。呜呼，翠帐红闺，虽异于万事礼法，舟中浪上，是同一生欢会。余每经此地见此景，未曾不为之喟然长叹也。"

此外，匡衡的数世孙大江匡房②亦著有《游女记》，描述了此

---

① 大江匡衡（952—1012）：平安后期汉学家、和歌作者，著有《江吏部集》。
② 大江匡房（1041—1111）：平安后期汉学家、歌人，大江匡衡的曾孙，著有《江家次第》等。

88

地沿岸一带的冶艳、喧闹的风俗。"江河南北，邑邑处处，沿着支流赴河内之国，谓之江口，有典药寮①的味原牧场、扫部寮②的大庭庄。若至摄津国，有神崎、蟹屿等属地，比门连户，人家不绝，娼女成群，驾一扁舟，可荐枕席与舟上，声越溪云，曲飘河风。途经之人莫不忘家，钓翁商客，舳舻相连，几乎不见水面。盖天下第一乐地也。"

此刻，我一边搜寻着模糊的记忆深处，断断续续地回想起这些文章的片段，一边凝视着皎洁的月色下悄无声息地流逝的寂寞水面。人人皆有怀古之幽情吧。可是，我年近五十，悲秋之情以年轻时难以想象之力迫近，连看见葛藤叶随风摇曳亦感同身受，拂之不去，更何况在这样一个夜晚，坐在这样一处地方。我不由得为人们的营生竟然消失得无影无踪，为世事无常而叹息，愈加憧憬那已消逝的繁华之世。

记得《游女记》中记载了诸如"观音""如意""香炉""孔雀"等名气很大的妓女，此外留下了姓名的还有"小观音""药师""熊野""鸣渡"等。这些水上的女子都去了哪里呢？据说这些女子取了这些颇富佛教意趣的艺名，是因为她们相信卖淫是一种菩萨行，将自己看作活普贤，甚至还会受到高僧礼拜。这些女人们的身姿，不知会不会如同这河流上稍纵即逝的泡沫般再次出现呢？

---

① 典药寮：日本战国时期负责皇室诊疗、药园管理的部门。

② 扫部寮：日本战国时期负责皇室宫内清扫、设施管理的部门。

"江口、桂本等妓女居无定所，以南北岸边之泊船为家，一心讨旅人的欢心，以卑贱之身度过此生，实乃可悲可叹，不知来世得何果报？莫非因前世为妓，则必遭报应？纵然欲以朝露之身，苟且度日，亦不该触犯我佛之大戒，其自身之罪已不可恕，诱惑众人之罪更非同小可。然而，彼妓女大多已往生，置身于杀生的渔夫之中，终难以为生。"正如西行①所说的那样，那些女子现今或许已投生弥陀国，正怜悯地笑看万世不变的可悲人性吧。

独自一人浮想联翩之间，渐渐于心中形成一两首拙诗，须趁着还没忘掉记录下来，我便从怀中掏出本子，借着月光挥笔写起来。酒已所剩不多，我仍恋恋不舍，喝一口酒，写上几句，再喝一口又写上几句，喝干了最后一滴后，我将酒瓶投向河中。就在此时，附近的苇叶发出刷刷的声响，我朝响声处扭头一看，看见那里——也是在芦苇丛中蹲着一名男子，恰似我的影子一般。我受到了惊吓，一时间有些不客气地目不转睛地瞪着他看。那个男子并无惧怕之色，反倒爽快地开口问候："今晚的月色真好啊！"然后，他接着说道，"哎呀，您可真有雅兴啊。其实我比您早来了片刻，怕打扰到您的清静，才没有和您打招呼。刚才有幸拜听了您吟诵的《琵琶行》，我也想朗诵一段诗歌了。实在冒昧打扰，能允许我玷污一下您的耳朵吗？"

---

① 西行（1118—1190）：平安末期至镰仓初期的歌人、僧侣，俗名佐藤义清。

一个素不相识的人，自来熟似地跟自己搭话，在东京是见不到的。但近来，我不但逐渐习惯了关西人的不见外，不知不觉也入乡随俗了，于是很客气地答道："您可太客气了，请务必让我拜听一下。"

话音刚落，那男子猛地站起身来，哗啦哗啦地拨开芦苇叶，来到我身旁，一边坐下一边说："不好意思，您要不要喝一点？"他将系在木头拐杖头上的一个小布袋解开，取出了几样东西。仔细一看，他左手拿着个葫芦，右手端一个小小的漆器酒杯，伸到我眼前。"刚才看您扔掉了酒瓶，我这里还有一些。"他一边说，一边晃了一下葫芦，"请吧，既然让您听我拙劣的吟诵，就请接受吧。倘若酒劲一过，兴致也就没了。这里河风寒冷，即使多喝一些也不必担心喝醉的。"他不由分说地把杯子塞给我，拿着葫芦为我斟了一杯酒，只听那酒葫芦发出"咕嘟、咕嘟咕嘟咕嘟咕嘟"一阵好听的声音。

"这可太谢谢您了，那我就不客气了。"说完，我将杯中酒一饮而尽。虽然不知这是什么酒，但刚喝过瓶装的正宗酒后，这种带有适度木香的醇厚冷酒让我口中顿时清爽了。

"来，再喝一杯。再喝一杯。"他一连气给我斟了三杯。

我喝着第三杯酒时，他才悠悠然地唱起了《小督》。可能是因为有些醉了吧，他的唱腔听起来稍嫌底气不足，音色不算美，声调也不够高亢，但声音里饱含沧桑感，很是老道。总之，看他有板有眼唱曲的样子，估计是唱过不少年头了。这且不说，在一个素昧平生的人面前竟然这般随便地开口就唱，一唱起来立刻全身心地投入到唱曲的世界中，他这般不为任何杂念干扰的飘逸心境，令听者不由自主地受到其感染。我暗想，即使唱功不那么到家，只要能养成这样的心境，学艺一场也不算枉然。

"啊，您唱得太好了。让我一饱耳福啊。"我这么说时，他呼哧呼哧地喘着气，先喝了点酒润了润干渴的喉咙，然后又递了杯酒给我："请再来一杯！"

由于他把鸭舌帽戴得很深，脸部被帽檐遮出了阴影，在月色下难以看清他的面容，但估计他的年龄和我差不多。看他身材瘦小，穿着和服便装，外套一件出门穿的考究大衣，说话带有京都以西的口音，我问道："恕我冒昧，您是从大阪那边来的吗？"

"是的，我在大阪南边开了家小店，经营古玩。"他回答。

我问他是不是回去时顺便来此散步，他从腰间抽出烟丝筒，一边往烟袋锅里装烟丝一边说："不是的，我是为了看今夜的月色，特地傍晚时从家里出来的。以往我每年乘京阪电车过来，今年绕了个远乘新京阪线，没想到经过这个渡口，真是幸运。"

"这么说，您每年都要去某个地方赏月了？"

"是啊。"他说完，在点烟丝时停了一下，然后接着说，"我每年都去巨椋池赏月，今夜意外经过此地，有幸得以观赏河上月明，实在太好了。要说还是因为看见您在这里赏月，才发觉此处果然是个绝佳的赏月之所。还不都是拜您所赐啊！大淀川之水在两边流淌着，从摇曳芦苇间眺望明月，真是别有一番情趣啊。"他将烟灰弹落到布袋坠子上，一边给新装的烟丝点上火，一边问："您新作了什么佳句吧，可否让我拜听？"

"不行不行，胡乱写了几句拙诗，实在拿不出手。"我慌忙把小本子塞进怀里。

"这是哪里的话。"他也不再强求，好像已经将这件事忘了似的，以悠长的调子吟咏起来："江月照，松风吹，永夜清宵何所为。①"

于是，我开口问道："您是大阪人的话，对这一带的地理历史一定很了解。我想问一下，此刻我们赏月的这沙洲一带，从前应该也有像江口君那样的妓女泛舟吧？面对这月色，我眼前浮现出的尽是那些烟花女子的曼妙身姿。刚才我打算把追逐这些幻影的心境写成和歌，却总是不得佳句，正冥思苦想呢。"

"如此看来，还真是人心相通啊。"那男子不胜感慨地说道，"刚才我思考的事也和你差不多。我看到这轮明月时也仿佛看到了曾经发生过的事情。"他的神情显得很沉重。

"依我看，您的年龄也不小了。"我悄悄打量着那人的脸说道，"恐怕是咱们都到了这个年龄的缘故吧。我觉得，今年比去

---

① 此诗是唐代高僧永嘉玄觉所作《永嘉证道歌》的前两句。

年，去年比前年，一年比一年，对秋天的寂寞，或者说乏味，总之一句话，不知来自何方的、毫无缘由的悲秋之感，越来越强烈了。真正能够体味'但闻风声秋已近，不觉心下惊①''秋风劲吹门帘动，却不见卿来②'这些古诗的意境，应该是到了我们这个年龄之后。即便如此，也未必因为伤感而讨厌秋天。年轻时一年之中最爱春天，但现在的我，更期待的是秋天。人随着年岁增长，渐渐产生一种达观，到达了安于遵循自然规律走向死亡的心境。正因为希望过一种安宁而协调的生活，所以，与其欣赏华丽的景色，毋宁面对寂寥的风物更感慰藉；贪恋现实的逸乐，不如埋首于回忆往日欢乐更适合自己吧。也就是说，怀念往昔的心境，对于年轻人而言，不过是与现在没有任何关系的空想，但对老人来说，除此之外便没有其他在现实中生存下去的路了。"

"诚然诚然，正如您所说的那样。"那男子不住地点头，"且不说一般人上了年纪，大抵都会这样伤感，更何况是我了。记得我小时候，每逢十五月夜，父亲都会领着我在月下赶两三里③路。所以，现在每到十五月圆之夜，我便回想起当年的事情。说起来，父

---

① 此处为《古今和歌集》第169首"秋来ぬと目にはさやかに见えねども风の音にぞおどろかれぬる"，藤原敏行所作，表现了"虽然还看不到秋色（前半句），但从风声已感知到秋天即将来临而吃惊（后半句）"的意境。小说截取的是后半句。

② 此处为《万叶集》卷4和歌第488首，额田王思念近江天皇所作的和歌"君待つとわが恋ひをればわが屋户の帘动かし秋の风吹く"，大意是"看到门帘飘动，以为是你来了，却是风儿吹动的"。

③ 此处为日里，1日里约为4公里。

亲那时也说过您刚才的那些话。他总是说：'你现在可能还不懂这秋夜伤感吧，但终有一天你能够领会的。'"

"这是为什么呢？令尊这样喜爱十五的月亮，以至于领着您赶两三里路吗？"

"第一次跟着父亲赶路，是我七八岁的时候，那时我还什么也不懂。我和父亲住在小巷深处的小房子里。母亲两三年前去世了，只有我们父子俩相依为命，所以父亲不能扔下我独自外出。一天，父亲对我说：'儿子，爸爸带你去赏月吧。'我们便在天色还亮时出了家门。那时候还没有电车，记得是从八轩屋搭乘蒸汽船，沿着这条河逆流而上，最后是在伏见下的船。那时候我并不知道那里就是伏见町。父亲在河堤上走个不停，我默默地跟在他后面，一直走到一处豁然开阔的湖边。现在想来，那时走的河堤就是巨椋堤，那个湖就是巨椋池。因此，那条路单程也得一里半到二里吧。"

"可是，他为什么要去那地方？是为了观赏那湖中映月，漫无目标地闲走吗？"我插嘴问道。

"正是这样。父亲不时驻足堤上，久久凝视着湖面，对我说：'儿子，景色很好看吧？'我虽年幼，也觉得的确很好看。我一边这么想着一边跟着父亲往前走，路过一座大户人家的别墅样的宅邸时，幽深的树林里传来弹奏古筝、三弦、胡琴的声音。父亲在宅邸门外停下脚步，倾听了一会儿，然后好像想起了什么似的绕着那豪宅的围墙转起圈来。我也跟着绕圈。渐渐地，琴声、三弦声越来越清晰，还能隐隐约约听到人说话声，说明已经接近了大宅的后院。这一带，围墙已经变成了篱笆，父亲从篱笆稍疏的空隙处往里面窥探，然后就不知何故，一动不动地待在那里，再也不离开了。我也把脸贴在绿篱笆的叶子间张望，但见有草坪、假山的漂亮庭园里有一池清泉，如同从前的泉殿①似的高台伸向水池。高台上有围栏，里面是榻榻米，有男女五六人正在饮宴。栏杆边上摆放着以各种小巧坠物固定的矮桌。灯火掩映，觥筹交错，加上芒草、胡枝子插花摇曳生姿，看样子像是在行赏月之宴。弹古筝的是位坐在上座的女人，三弦琴则由一位打扮成侍女模样的、盘着岛田发髻的婢女来弹奏，还有一位貌似检校或艺人师傅的男子在拉胡琴。虽说从我们所在的位置看不清楚那些人的动作，但我们正前方恰好立着一个金色屏风，那位梳岛田发髻的年轻女佣站在屏风前面挥动舞扇的翩翩舞姿可以看得清清楚楚——尽管她的鼻子眼睛模模糊糊。不知是因为那时还没有电灯，还是为了增添情调，特意点着油灯，火苗闪烁不停，映在擦得锃亮的柱子、栏杆和金色屏风上，熠熠生辉。水面上倒映着清冽的明月，水边系着一只小舟。那池水大概是引自巨椋池，由这里乘小舟或可直抵巨椋池那边吧。

"不久，舞蹈结束后，侍女们端着酒壶在座席间来回穿梭。

---

① 即钓殿。

依我们看，从那些女佣恭敬的举动判断，那位弹奏古筝的女子可能是主人，其他人是在陪伴她。毕竟已经是四十余年前的事了，那时候，京都或大阪的大户人家里，贴身女佣打扮成宫人模样，礼仪自不必说，有些讲究排场的主人还让女佣们学习技艺。我猜想这个别墅就是那样的有钱人家，那弹古筝的女子多半是这家的太太吧。然而，那女人坐在宴席最里面，她的脸恰好在芒草、胡枝子的阴影里，从我们这里看不见她的相貌。父亲似乎很想再看清楚一点，沿着篱笆绕来绕去，换了好几次位置，但都被插花遮挡了。不过，从头发样式、化妆的浓度、和服的色调来看，不像是上了年纪的人，尤其她的声音给人感觉很年轻。因为隔得比较远，听不见她在说什么，只听见声音格外清亮的'是这样吗？''原来是这样啊！'等，庭园里回响着拉长尾音的大阪方言。她的嗓音听起来是那么雍容华贵、余韵悠长、又玲珑剔透。而且，她看起来已有几分醉意，时不时地呵呵笑起来，笑声虽响亮却不失优雅和天真。我问父亲：'爸爸，那些人是在赏月吧？''嗯，好像是啊。'父亲应道，依然把脸贴在篱笆上看。'可这里是谁的家呢？爸爸知道吗？'我再次发问。这回父亲只嗯了一声，心思全被那女人吸引过去了，全神贯注地窥探着。现在想来，当时的确在那里待了相当长的时间。当我们这样窥看时，女佣起来剪了两三次蜡烛芯，之后又跳了一回舞蹈。那女主人独自一人一边弹琴，一边放开嗓音高声歌唱。不久，宴会结束，我们一直看到那些人离开了座席才回家。

"我们父子俩又慢腾腾地沿着那条河堤往回走。我这么一说，好像对年幼时的事记得很清楚似的。其实，我所说的并不仅仅是那一年去那里，之后一年以及再后一年的十五月夜，我都会跟着爸爸走在那条堤上，走到那个池畔的邸宅门前停下来，就会听到琴、三弦的演奏声传来。于是，父亲和我就绕着围墙走到绿篱那边窥视庭园里面。宴席的样子每年都差不多，都是由那位女主人模样的人召集一群艺人和女佣，一边举行赏月晚宴，一边自娱自乐。如果一一介绍最初那年以及后来每一年所看到的情形，就实在太啰唆了，因为无论哪一年几乎都是刚才所说的那样。"

"原来如此。"我不知不觉间已被那男子拽入其讲述的追忆世界里，问道，"那么，那座宅邸到底是怎么回事？令尊每年都到那里去，大概有什么原因吧？"

"说到原因嘛，"那男子略作迟疑，"说说这原因虽是无妨，只是这样长时间把素不相识的您留在这里，不会让您为难吧？"

"可是，说到这里不往下说的话，我觉得不过瘾。您不必有什么顾虑。"

"谢谢您了，那我就恭敬不如从命，就请您接着往下听吧。"他取出刚才那个酒葫芦说，"这里头还剩了点酒，不喝光它总惦记着。讲之前先把它喝完吧。"他将酒杯塞到我手里，只听见那"咕嘟、咕嘟"的倒酒声又响了起来。把葫芦里的酒彻底喝光之后，那男子又接着说下去。

"父亲告诉我的那些故事，都是在每年的十五月夜，一边走在那堤上一边对我说的。'虽说对你这么个小孩子讲这些事，你也听不懂，但是你眼看就长大成人了，好好记住我对你说的这些话。等你长大后，一定要努力回想。我并不是把你当作小孩子，而是当作大人对你说这些的。'父亲说这些话时，表情很严肃，就像对同辈朋友说话似的。那时候，父亲将那所别墅的女主人称作'那位女士'或'游小姐'。父亲声音哽咽地说：'阿游小姐的事你可不要忘记了，我每年带你来看她就是想要你记住那位女士的模样。'我虽然还不能充分领会父亲的话，但出于孩子的好奇心，也被父亲的执着感动，所以听得特别专心，仿佛真的受到了父亲的感染，似懂非懂。

"说到那位阿游小姐，她本是大阪小曾部家的女儿，据说在她十七岁的那年，粥川家因看重其姿色，缔结了姻缘。可是，才过了四五年，丈夫便死了，她年仅二十二三便成了年轻的寡妇。不用说，若是在今日，没有必要年纪轻轻就一直守寡，人们也不会完全漠然置之的。但那时是明治初年，旧幕府时代的因习仍然残存着，无论是娘家方面，还是夫家粥川家都有守旧刻板的老人家主事，再加上她和死去的丈夫之间生有一子，因此是不容许再婚的。而且，阿游是被当作宝贝一样娶过门的，受到婆家和丈夫的百般宠爱，比在娘家生活得更随心所欲，悠游自在。据说阿游成了寡妇之后仍然享受着奢侈的生活，常带着众多女佣外出游山玩水。因此在旁人看来，她实在是不愁吃喝，幸福快活。她本人应该也很乐意每天这样纵情玩乐打发日子而不会觉得有什么不满吧。

"我父亲初次见到阿游时，她就是这样的一位寡妇。那时的父亲二十八岁，还是独身，我还没有出生，而阿游是二十三岁。时值初夏，父亲和妹妹夫妇即我的姑姑、姑父一起去道顿堀看戏。恰逢阿游坐在父亲正后面的包厢里。阿游和一个年约十六七的姑娘一起，另外还有一个乳母或管家模样的老女人和两个年轻的女佣陪在左右。这三个女人轮流在阿游身后给她摇扇子。父亲见姑姑跟阿游点头打招呼，便问那人是谁，一问方知她是粥川家的寡妇，同来的女子是她的亲妹妹、小曾部的女儿。'我那天第一次见到她，就认为那是我最理想的女人。'父亲常常这样说。那时候的男女都时兴早婚，可父亲虽是老大却一直到二十八岁仍然独身，因为他太挑剔了，所以对那些踏破门槛的媒人是一概回绝。据说父亲当年也喜欢冶游，并非没有相好的女子，但他不喜欢那样的烟花女子做妻子。这是因为比起风流女性来，父亲更喜欢大家闺秀，就是那种在家里穿戴齐整，坐在桌旁安静地阅读《源氏物语》的女人，所以艺妓自然不适合。父亲究竟是怎样形成这种嗜好的，我说不好，总觉得与他的商人身份并不相称。在大阪船场一带的大户人家里，佣人们的礼仪都很烦琐，讲究各种排场，比那些势力小的大名更炫耀贵族派头。大概是由于父亲成长于这样的家庭里吧。

"总之，看见阿游时，父亲就觉得她正是自己平日所向往的那种情调的女人。父亲不知道为什么会有那样的感觉，可能是因为当时阿游就坐在他后面，她对女佣说话的口吻以及其他言行举止具有大户人家夫人的风度吧。我看过阿游的照片，脸颊如银盘般丰满，脸圆乎乎的，有点儿娃娃脸。父亲说，只看五官，像阿游那样漂亮的人并不少，但阿游脸上仿佛有一层迷雾般的东西，整个面孔——眼睛、鼻子、嘴巴，都像是罩了一层薄膜似的朦朦胧胧的，没有任何清晰的线条。若仔细端详，就连自己的眼前也变得模糊了，令人感觉她的周身总是云霞缭绕。从前书上所谓的'高雅'，恐怕就是指这样的容貌了。父亲说：'阿游的价值就在于此。'这么一想，看上去也确实是这么回事。一般来说娃娃脸的人，若不操劳家务是不容易显老的。姑姑常说，阿游的面容从十六七岁到四十六七岁没有什么变化，不论什么时候见到都是一副天真烂漫的稚气面孔。所以，父亲对阿游的朦胧美即他所说的'优雅脱俗'一见钟情了。联想父亲的嗜好，再看阿游的照片，便明白难怪父亲那么喜欢她了。总之一句话，就像欣赏泉藏偶人①的脸时感受到的那种既开朗又古典的感觉，就是那种让人联想到深宫皇室嫔妃那样的美女。阿游脸上就似有似无地弥漫着这样的氛围。

"我的姑姑——刚才提及的父亲的妹妹，是这位阿游儿时的玩伴，在未出阁时又去同一位琴师那里学艺，所以对于她的成长经

---

① 泉藏偶人：江户中期京都公卿间流行的偶人，亦称御所偶人。

历、家庭、出嫁时的情形等知道得一清二楚，当时都告诉父亲了。阿游有兄弟姐妹多人，除了带来看戏的这个妹妹外还有其他姐妹，但其中阿游最得父母宠爱，受到特殊对待，无论她怎样任性都没有关系。这可能是因为阿游是兄弟姐妹中长得最好看的，所以会受到宠爱，而其他兄弟也认为阿游与他们不同，受宠是理所当然的。用姑姑的话来说，就是'阿游这个女人是得天独厚的'。尽管她自己并没有要求别人那么做，也不是骄横霸道、盛气凌人，但周围的人反而很爱护她，不让她受到一点儿苦，像侍奉公主一般小心地呵护她。人们宁愿自己去替她承担，也不让她承受浮世的风浪。阿游就是这样天生具有让父母、兄弟姐妹、朋友等所有接近她的人都那么对待她的气质。姑姑未出阁时到阿游家去玩，那时阿游简直就是小曾部家的掌上明珠，身边的一切琐事都从不让她做，其他姐妹像女佣般照顾着她，却没有丝毫不自然之感，阿游非常天真烂漫地享受着大家的关爱。父亲听了姑姑这番话，更加爱上了阿游，可是一直苦于没有好机会见面。

"终于有一天，姑姑告诉父亲阿游要去某处表演琴艺的消息。姑姑对父亲说：'要是想见阿游便和我一起去。'表演那天，阿游梳了个长长的垂发，身着舞乐礼服，焚香弹奏了一曲《熊野》。即便是放在今日也有此惯例：当弟子出师时，师傅要专门办个出师仪式，由于弟子要为此花一大笔钱，所以师傅一般愿意让那些家里有钱的徒弟行此仪式。想必阿游是为了消磨时间而习琴，她的师傅这样提议的吧。不过前面也说了，我也听过阿游唱曲，知道她的声音好听。知其人品后，回忆其声音，更加感觉到她的优雅魅力了。父亲那时头一次听阿游的弹琴唱曲，格外感动。加上出乎意外地见到穿着舞乐盛装的阿游，只觉得梦寐以求的幻想竟然成为现实，可想而知父亲定是惊喜交加，不敢相信自己的眼睛吧。据说姑姑在琴曲表演结束后去乐室看阿游时，她还没有脱下那身礼服。她说'琴弹得怎样我不在意，我就是需要这么打扮一回'，就是不愿意脱下那套礼服，还说'应该现在去照张相'。父亲听了姑姑这么一说，便知道了阿游的情趣刚好和自己一致。因此，父亲认定适合做自己妻子的女人非阿游莫属了。他感到多年来自己一直在内心里幻想等待着的人就是阿游，于是便悄悄将自己的心思告诉了姑姑。姑姑很了解阿游的情况，所以虽然很同情父亲，但她认为那绝对是不可能的事。用姑姑的话说，若阿游无子还有可能提亲，可是阿游有个要养育的小孩子，这孩子还是个男孩，阿游更是不可能留下孩子离开粥川家的。不仅如此，她还有公婆在上，娘家这边母亲虽已亡故，父亲仍健在。这些老人之所以任凭阿游任性而为，完全是出于慈悲之心，可怜她年轻守寡，让她能够以此排遣孤寂——当然，其中也含有阿游必须要一辈子守寡的意思。阿游也很清楚这一点，所以即使纵情享受也从未有过品行不端的传言，她本人肯定也没有再婚的念头。但父亲仍然不死心，说，那就不奢望娶她，只是由姑姑居中介绍，时常让他见上阿游一面，哪怕只是看到她也就满足了。

"姑姑见我父亲说到这个程度，再不答应也说不过去，可是和阿游只是未出阁时比较熟悉，此时已经比较疏远了，因此要满足父亲的这个要求还真些难度。姑姑左思右想，终于想出了一个主意：'依我看，干脆娶了阿游的妹妹如何？反正你也不会娶其他人了，就将就娶了她妹妹吧。阿游虽然没有指望，要是你愿意娶她妹妹的话，我倒是可以去说说。'姑姑说的那个妹妹，就是阿游带去看戏的那个叫'阿静'的姑娘。阿静上面的姐姐已出嫁，阿静刚好到了待嫁的年龄。父亲在看戏时见过阿静，记得她的样子，所以当姑姑提出这个建议时，父亲思考了很久。要说那阿静并非长得不好看，虽然和阿游长得不完全相同，但毕竟是姐妹，她的脸总是会让人联想到阿游。不过，最不能让父亲满意的是，阿静脸上没有阿游那种'高雅'感，与阿游比显然俗气多了。如果只看阿静，并没有这种感觉，但要是和阿游在一起，简直就是公主与侍女之别了。如果阿静不是阿游的妹妹，或许还不成问题，可既然是阿游之妹，体内流着和阿游一样的血，父亲便连阿静也爱上了。话虽如此，要让父亲娶阿静为妻，他很难下决心。因为父亲觉得出于这种打算娶阿静，一方面对不起阿静，另一方面父亲想要永远保持对阿游的那份纯情憧憬，一辈子都要将阿游当作心中的妻子，绝不变心。如果娶了别人，即便是她的妹妹，自己情何以堪。但转念一想，若是娶了她妹子，今后可以常常和阿游见面，还可以和她交谈，否则今后除了偶然的邂逅，这一辈子很少有机会能见到她。一想及此，父亲忽觉寂

104

寞难耐。

"父亲踌躇很久，最终决定和阿静相亲了。可是说心里话，直至此时，父亲还没有真正下决心娶阿静，只不过是希望借相亲之机能够多见阿游一次。父亲的这一伎俩居然奏效了，只要是相亲、谈婚论嫁，阿游每回都来。小曾部家主母已去世，阿游又是个闲人，阿静一个月中有一半时间都住在粥川姐姐家，到底她是谁家的女儿都搞不清了，因此，阿游出场的时候自然就多了。对于父亲而言，这是求之不得的幸运。因为父亲的目的原本在于此，所以他总是尽量拉长话题，三番两次相亲，磨蹭了半年之久。阿游这边也为了此事，频繁地去姑姑家。在这期间，她也和父亲交谈过，渐渐熟悉了父亲这个人。于是，有一天，阿游问父亲：'你不喜欢阿静吗？'见父亲说没有不喜欢阿静，阿游就说：'那就请你娶了她吧。'阿游极力促成妹妹的这头婚事。她对姑姑更清楚地说，在姐妹之中，自己和这个妹妹最要好，很希望妹妹能够嫁给芹桥先生那样的人，有这样的人做妹夫，自己也很高兴。父亲之所以下了决心，全是因为阿游的这番话。过了不久，阿静便出嫁了。就这样，阿静成了我的母亲，阿游成了我的姨妈。可是，事情并不是这么简单。父亲是从什么意义上听了阿游的话不得而知，但阿静在洞房夜却哭着说：'我是察觉到姐姐的心思才嫁给你的，所以委身于你就对不起姐姐了。我一辈子只做个名义上的妻子即可，请你让姐姐得到幸福吧。'

"父亲听了阿静这番意想不到的话，恍如做梦一般。因为父亲以为只是自己在暗恋着阿游，完全就没有想到自己的心思会让她知道，更没想过自己会被阿游恋慕。可是，阿静是如何知道姐姐心思的呢？'你不会无根无据地这么说，难道是姐姐对你说过？'父亲追问哭泣着的阿静。阿静回答：'这种事姐姐当然不会告诉我，我也不会问她，但是我心里很清楚。'阿静——我的母亲还是个涉世不深的姑娘，却察觉到了这一层令人不可思议。后来才了解到，起初小曾部家的人认为两人年龄差距太大，打算回绝掉这门亲事。阿游也说："既然大家都是这个意见，那就这样吧。"可是，有一天，阿静去阿游家玩，姐姐对她说：'我觉得这是一门难得的好姻缘，但这不是我自己婚嫁之事，既然大家那么说，我也不便坚持。你要是并非不愿意，就主动表示愿意嫁给他如何？这样我就可以居中说合，缔结良缘了。'由于阿静一向没有主见，既然姐姐这么看中那个人，应该是不会错的。阿静就说：'我听姐姐的，姐姐觉得好，我就这么做吧。'姐姐说：'很高兴你这么说，差个十一二岁的夫妻也不是没有过。最重要的是，我觉得那个人和我很说得来。姐妹一旦出嫁便渐渐疏远，成了外人，但只有你阿静，我不想让任何男人夺走。所以要是他的话，我不但不觉得你被人夺去，甚至觉得多了个兄弟。这么一说，就像是为了我自己把那个人硬塞给你似的，不过对我好的人也肯定会对阿静好。你就当是为了姐姐，听了姐姐这一回吧。要是你嫁到我讨厌的人家里，我连个玩耍的人都没

有了，以后的日子可怎么熬啊。'

"前面也说过，阿游由于是在大家的宠爱中长大，意识不到自己的任性，只不过觉得是对一个要好的妹妹撒娇吧。但是当时，阿静从阿游的表情里看出了某种与其平时的撒娇不同的东西。阿游越是刁蛮任性，就越显其可爱之极，但天真烂漫中包含着某种炽热之情吧，即使阿游自己没有那么想，阿静却看得出来。一般来说内向的女子虽然不多言多语，心里头却是有数的，阿静就是那样的人。除此之外，她肯定还联想到了许多方面。她对父亲说：'怪不得自从阿游跟先生熟悉之后，脸色突然变得生动艳丽起来，把和我谈论先生当作极大的乐趣呢。''那是你想得太多了。'父亲按捺住激动的心情，故作平静地、淡淡地对阿静说，'既然咱们今生有缘做夫妻，或有所不足，但毕竟是命中注定之事。你想为姐姐牺牲虽难能可贵，但独自承担这等没有道理的情义，待我冷淡的话也就违背了你姐姐的本意吧。何况你姐姐也不可能希望你这么做。她如果知道了这件事，一定会烦心的。''但是，你之所以娶我，就是为了和我的姐姐成为亲戚吧。因为姐姐从你妹妹那里听说了你的那番话，所以我也知道一些。她说你迄今为止也有过不少好人家来提亲，却一概没有看中，如此难觅对象之人，如今居然要娶我这样愚笨之人，大概是因为我姐姐的缘故吧。'父亲无言以对，低下了头。'如果将你的真心向姐姐稍微透露一点，不知她会多高兴呢。可要是那么做，反而彼此间有所顾忌了，所以现在什么都不要说，只是请你不要对我隐瞒心事。这是最让我难过的。’‘原来是这样，我不知道你是为了姐姐而出嫁的。你的这份心意我一辈子也不会忘记。’父亲流着泪说，‘虽说如此，我只是把她看作姐妹。无论你怎么撮合，我也只能这样，没有别的可能。如果你一定要为我们牺牲，她和我都会因此而苦恼万分，你也不会愉快的。如果你不讨厌我这人，就当是为了你姐姐，不要说这些见外的话。跟我好好过日子好吗？就把她当作我们二人的姐姐来尊敬，好吗？’‘什么讨厌你啦，不愉快啦，我可承受不起。我从小到大什么事都依着姐姐。你既是姐姐喜欢的人，那我也喜欢。只是，将姐姐爱慕的人据为自己丈夫，实在是不敢当。按说，我本不该嫁来这里的，但一想到我若不出嫁，这姻缘就被断送了，所以我才怀着做你妹子的心思嫁进来了。’‘那么，你打算为了姐姐而埋没自己的一生吗？没有一个姐姐会让妹妹落得这个地步还感到高兴吧？这不等于把一个原本心地纯洁的人给玷污了吗？’‘你要是这样想就不对了。我也希望有一颗像姐姐那样纯洁的心灵，如果姐姐为了亡故的姐夫而守寡，我也要为姐姐守贞操啊。不只是我一个人埋没一生，姐姐不也是一样吗？你可能不知道，我这位姐姐生来才貌双全，全家人都像众星捧月一般宠爱她，简直跟诸侯寄养的孩子似的。当我知道姐姐喜欢你却因为规矩的束缚而不能如意后，我还横刀夺爱，会受到天谴的。这话要是让姐姐听到，必定会说我胡说八道，所以请你务必心中有数。无论别人理解我与否，我都要这么做，好让自己心安。

既然是这么个连姐姐那样有福气的人也无可奈何的世道，更何况我等卑下之人了。所以，我打定主意至少要让姐姐得到一些幸福，就抱着这个念头嫁给你了。为此，请你在人前要表现得像夫妻一般亲热，但实际上让我保守贞操。如果连这一点都做不到，就只能说明你对姐姐的爱还不及我的一半。'这女子能为姐姐如此舍身，我身为男子汉岂能不如她？父亲越想越激动，对阿静说：'谢谢你。你说得太好了。如果姐姐一直守寡，我也终身不娶，这是我的真实愿望。可是，要连累你也得像尼姑那样活着，我实在是不忍心，才说了刚才那些话。听了你那番高尚的表白，我真不知该怎样表达我的感谢。既然你有此决心，我当然无话可说！虽然觉得有些残忍，但说心里话，我也很愿意这样做。按理说我没有资格这样要求你，可难得你有这份情义，我也不再说什么，就依了你吧。'说着，父亲捧起阿静的手，相互倾诉衷肠，通宵未曾合眼。

　　"就这样，父亲和阿静在他人的眼里俨然是一对从不红脸的恩爱夫妻，实际上并未行夫妻之实。但阿游并不知道二人相互约定这样来为她守节。阿游见二人琴瑟和谐的样子，常常向父母姐妹们夸耀：'怎么样，幸亏听我的主张吧。'而后，差不多每天姐妹俩都你来我往，阿游去看戏或去游山，芹桥夫妇必定陪同左右。据说三人经常一起出游，在外面住上一两晚。每次外宿，阿游都和妹妹夫妇并排睡在一个房间里。渐渐成了习惯，即使不出游，阿游也会时常留夫妇俩住下，或被夫妇俩留下过夜。很久以后，父亲还很怀念地说起，阿游临睡前总是说着'阿静，帮我暖暖脚'，把阿静拉进自己的被窝里。因为阿游的脚总是凉得睡不着，而阿静身子特别热乎，于是给阿游暖脚就成了阿静的活儿。阿静出嫁之后，她让女佣代替阿静暖脚，却达不到阿静的效果。阿游说：'也许是从小养成的毛病吧，光靠被炉、汤婆子不管用。'阿静就说：'别跟我客气啦，我就是为了像以前那样给你焐脚才留下过夜的。'她一边说，一边高兴地钻进阿游的被窝里，一直躺到阿游睡着或是说'好啦'为止。

"除此之外，我还曾听父亲告诉过我许多关于阿游公主般生活的故事。每天有三四名女佣照顾她的起居，即便是洗手也是一个人用木勺浇水，一个人拿着手巾等着。阿游只需伸着两只湿手，拿着手巾的女佣便给她擦得干干净净。就连穿袜子或在浴室洗澡，她都不用自己动手。即使是在那个时代，一个商家小姐如此也未免太奢侈了。据说即将嫁入粥川家时，阿游的父亲曾对婆家人嘱咐过：'我这个女儿就是这样娇惯大的，事至如今要改变这个习惯是不可能的了。既然你们这么想要娶她过门，就让她继续以前过惯的生活吧。'即使有了丈夫、儿子后，阿游出阁前的小姐做派一点也没有变。所以父亲常说，到阿游住处去就像进了后宫皇妃的房间。父亲也有此同好，所以感触尤深。阿游房间里的摆设用品，无一不是皇室风格或官宦家纹的东西，从手巾架到便器全都是涂蜡、描金的。在与隔壁房间的隔扇处，放置了一个代替屏风的衣架，上面挂有小袖，按照不同节令随时更换。虽没有上段之间①，但阿游在衣架后面凭几而坐。空闲时在房间里摆放一个伏笼②，或焚香薰衣，或与女佣们闻香，或玩投扇游戏，或下围棋。阿游在玩耍中亦追求风雅情趣，棋艺虽不甚好，却格外喜欢秋草描金的古典式棋盘，为了让它派上用场，她就常常下五子棋玩。一日三餐用的是如同玩具般精致玲珑的餐盘，用漆碗吃饭。渴了的话，身边女佣会捧着天目③托盘，迈着小碎步送上来。想吸烟的话，立刻就有佣人给长烟袋锅填好烟丝，点上火后递给她。晚上睡在光琳式样的枕屏风后面。天冷时，早上一醒来，就让人在房间里铺上厚纸垫，佣人三番五次送来热水，让她用半插④或洗脸盆洗脸。由于凡事都如此烦琐，所以无论去哪里，只要出门便不得了了。每次去旅行时，必有一名女佣跟随，其余的事由阿静打理，连父亲也得搭把手，搬行李、穿和服、按摩等三人各司一职，务求让她一切满意。

"对了，当时孩子正处于断奶期中，有奶妈带着，所以就很少带着孩子出行。有一次到吉野去赏花，晚上抵达旅馆后，阿游说奶发胀，让阿静吸过一次奶。当时父亲在一旁看到，笑着说她'很熟练嘛'，阿静说：'我已经习惯吸姐姐的奶水了。姐姐生头一个孩

---

① 上段之间：日本传统房间结构，比其他部分高出一些，作为贵宾座席。

② 伏笼：用于烘烤衣物、薰香等的外罩烤笼的炉子。

③ 天目：又称作曜变天目陶瓷，多为黑色，器表薄膜上焕发出黄、蓝、绿、紫等色彩融糅起的彩光。

④ 半插：耳盥类洗漱用具。

子时，由于有奶妈，姐姐就说阿静给吸了吧，经常让我吃奶。'父亲问她是什么滋味，她回答：'那时还小，不记得了。现在吃起来觉得可甜了，要不你也尝尝看。'阿静用碗接了些从奶头滴下来的乳汁给父亲。父亲尝了尝，说：'的确很甜啊。'虽然装作若无其事，但他心里明白阿静不是平白无故让他喝奶的，就不觉脸红了，感觉不自在，赶紧走出房间去了走廊，嘴里还一边嘟哝着'莫名其妙'。阿游觉得特别有趣，呵呵笑起来。

"自此事之后，阿静似乎觉得父亲那尴尬、惊慌的样子颇为可乐，便常常制造起种种恶作剧来。白天人多眼杂，没有三人独处的机会。一旦有这种情况，阿静便离席而去，扔下二人长时间相对而坐，直到父亲开始窘迫不已时才悄然回来。平时和阿游一起时，阿静总是让父亲坐在自己旁边；可是到了玩扑克牌或游戏时，她又尽可能让父亲当阿游的正面敌手。如果阿游让阿静给她系腰带，阿静就会说这个费劲，得男人帮忙才行，让父亲去做；给阿游穿新布袜时，阿静又说难穿，非要父亲来穿。每当这种时候，阿静便在一旁瞧着父亲困窘万分。虽说一看就知道是阿静纯真的耍赖，并非有意捉弄或恶作剧，但很可能阿静是出于这样考虑：搞这些小动作可以渐渐打消两人的顾忌，这么一来二去，难免因某个契机而触动心弦，使彼此心意相通也未可知。可见阿静是在期待二人之间发生那样的碰撞，弄出点什么事来。

"可是，二人之间一直平平静静的，相安无事。有一天，阿静和阿游间倒发生了问题。父亲毫不知情，去看阿游时，她一见到父亲马上扭过脸去，流起泪来。因为很少见到这种情况，父亲便问阿静出了什么事。阿静说：'姐姐已经什么都知道了。'她还说：'因为已经到了非说不可的地步了，我只好说了。'阿静只说了这些，至于起因到底是什么，没有详说，所以父亲也不能理解阿静所为。大概是阿静认为挑明的时机已到，即便姐姐知道了他们并非真实夫妻后训斥她年轻鲁莽，可事已至此，虽觉为难也会为妹妹、妹夫的情义感动，便找个机会，一边察言观色一边说了此事。阿静就是这样的急性子，喜欢急于求成。也许她是天生操心的命吧，从年轻时起就是善于周旋的老妓般的性格。想来她就像是为阿游奉献一切而降生于世的女人。她说：'照顾姐姐是我此世最大的乐趣。要说为什么会这样想，因为我一看到姐姐就把自己忘在脑后了。'总之，阿静虽有多管闲事之嫌，可如果明白她所做的一切都是抛弃私欲，为姐姐着想，无论阿游还是父亲都只能流下感激之泪。阿游听阿静这么一说，非常震惊，痛苦地说：'我不知道自己作了这样的孽，让阿静夫妻为我这样受苦，将来要遭报应的呀。不过，这件事还来得及补救。请你们今后做真正的夫妻吧。''这件事并非姐姐管得了的。因为慎之助也好，我也好，都是我们自己情愿这么做的。所以今后怎么做，姐姐也不必介意。我到底憋不住，告诉了你，是我不好，姐姐就当作什么也没有听说过吧。'阿静这么答道，没有答应姐姐的要求。

"自此之后一段时间，阿游与夫妇俩的来往显然减少了。但三人的亲密关系是亲友们无不知晓的，考虑到要不被他人猜疑，不久后双方又开始走动了，最终还是按照阿静的预想发展。的确，若从阿游的内心深处而言，由于违背了为自己所设置的界限，心情得以放松，即使想憎恨妹妹仗义，也憎恨不起来。此后，阿游仍表现出天生的大家风范，什么事情都让妹妹夫妇帮忙。她屈服于夫妇二人的主张，接受了他们的好意。父亲称阿游为'游小姐'就是自那时开始的。起初是父亲与阿静谈论阿游时，阿静说父亲不应该再称阿游为'姐姐'，还是觉得加'小姐'来称呼最适合，于是就那么叫起来了。不知不觉这成了习惯，在阿游跟前也这么叫了。阿游很喜欢，说：'我们三人之间就这么称呼吧。'她又说：'很感谢大家爱护我，希望你们明白，我就是这样长大的，把这些都当作理所当然的事。我很开心人家总是很当回事地待我。'

"阿游孩子气的任性例子可以举出好些。有时对父亲说：'你得憋住气，直到我说好才能呼吸。'说罢将手捂住父亲的鼻孔。父亲拼命屏住呼吸，实在憋不住时呼出一点气息的话，阿游便一脸不高兴，责怪道：'我还没有说好呢，你要是这样耍赖——'于是用手指捏紧父亲嘴唇，或是将红色小方巾对折后，手持两端封住父亲的嘴。每当这时，她那张娃娃脸就像幼儿园的小孩儿，根本看不出已二十多岁了。她有时会说：'不许你看我的脸，匍匐在地上，恭恭敬敬地不许抬头'，或者抓挠父亲的脖子和腋下，一边说'不许

114

笑'，或者在父亲身上多处掐，还说'不许喊疼'。她很喜欢这样折腾别人。刚刚还说'我睡了，你也不能睡，要是困了就看着我的睡脸忍着'，可是这么说着自己就睡着了。父亲也迷迷糊糊进入了梦乡，半梦半醒间被阿游拽进了被子里，她不知何时醒了，或是往父亲耳朵里吹气，或是搓根细纸绳在父亲脸上挠痒痒，把他弄醒。父亲说，阿游这人天生爱表演，她自己并无意识，但所思所为自然而然地富有戏剧性，丝毫不会给人做作的感觉。她的个性中就带有这些色彩与韵味。阿静和阿游的不同之处，可以说主要就在于阿静不具有这种表演才能。穿着礼服弹琴，或坐在衣架幕布里一边让女佣斟酒，一边用涂漆酒杯喝酒的做派，除了阿游，谁也不可能做得如此有模有样。

　　"总之，二人的关系进展到了这个地步，自然与阿静从中撮合分不开。加上比起粥川家来，芹桥家没有那么引人注目，所以阿游来妹妹夫妇家的时候更多些。阿静为此动了不少脑筋，常常以'带女佣出去旅行不是很浪费吗？只要有我在，决不会让姐姐感到不方便的'为借口不带佣人，三个人出门去伊势、琴平游玩。阿静故意穿着素朴，打扮得像个女佣似的，自己在隔壁的房间里铺床睡觉。只是，此时，三个人的关系有所变化，说话也得改变。住旅馆的时候，当然是阿游和父亲扮作夫妻为好，但是，阿游动不动就喜欢摆起女主人的架势，于是父亲就装成管家、执事或受宠的艺人。每当出门在外，二人就称阿游为'少奶奶'，这些也成了令阿游快乐的戏耍之一。虽说大多数时候她都很稳重，只是吃晚饭时喝一点酒，胆子便大起来，尽管仍不失优雅的风度却不时咯咯咯地发出响亮的笑声。

"不过，为了阿游，也为了父亲，我在此必须要说明一下：直到那时为止，虽然关系发展到这个程度，但双方并没有突破最后的防线。虽说已经到了这个程度，有没有那回事还不是都一样，即便没有那回事也不构成辩解的理由啊，但我还是希望你相信我父亲说的话。父亲对阿静说：'事到如今，也没有对得住对不住你什么的了，即使同床共枕，该守住的也会守住的，我向神佛发誓！或许这并非你所希望的，但游小姐也好，我也好，倘若那样践踏你的话会受到报应的。因此，这也是为了让自己能够心安。'说的应该是实话，但也不排除担心万一怀上孩子的因素。不过，对贞操的标准因人而异，所以尽管父亲这么说，也不好说阿游是完璧无瑕的。

"关于这一点，我回想起，父亲在一个盖上有阿游亲笔写的"伽罗香"①几个字的桐木箱子里，很珍重地摆放着一套阿游的冬天小袖衣。父亲有一次曾经让我看过那个箱子里的东西。当时，他取出小袖衣下面叠放的友禅长内衣，摆到我面前，说：'这是游小姐贴身穿的，你看看这绉绸多有分量！'我拿了一下，的确与现在的绸子不一样。'那时的绸子褶深、线粗，就像铁链子般沉甸甸

---

① 伽罗香：一种香料，指南洋鹰木香中的红棋楠。

的。怎么样，重得很吧？'我说：'真的是很沉的绸子啊。'父亲听了很满意地点点头说：'丝绸这东西，不单要柔滑，像这样褶皱深、凹凸有致的才值钱呢。从这些凹凸不平的褶子上面触摸女人的身体，更能感觉到肌肤的柔软。对绸子来说，越是肌肤柔软的人穿它，皱褶的凹凸颗粒看上去就更美，手感也更好。阿游天生手脚纤细，穿上这沉甸甸的绸子，就更衬托出她的窈窕身材了。'父亲说着，两手将那友禅内衣掂一掂。'啊啊，她那瘦瘦的身子竟然承受着这么重的分量。'他说着，仿佛拥抱着她似的将那绸衣贴在脸颊上面。"

"令尊给您看那件衣裳时，您已经不小了吧？"一直默默地听着那男子讲故事的我问道，"不然的话，小孩子的头脑恐怕很难理解这种事吧。"

"不，那时我才十岁左右。父亲给我讲这些，没有把我当作小孩。虽然当时还理解不了，但父亲所说的话我都记得。随着我渐渐懂事，也就明白了父亲的意思。"

"是这样啊。我想问一件事：如果阿游和令尊是如您所说的关系，那么您的母亲是谁呢？"

"这个问题问得好。不说清楚这一点，这个故事就没办法收尾了，所以还得劳烦您继续听一会儿。父亲和阿游的那段畸恋，持续的时间比较短，只是从阿游二十四五岁开始的三四年左右。后来，大约在阿游二十七岁那年，亡夫遗留的儿子阿一得了麻疹，转为肺炎病死了。这个孩子的死不但改变了阿游的命运，也影响了父亲的一生。说起来，以前阿游和妹妹、妹夫的往来过密，小曾部家虽不以为然，但粥川家那边，这就成了婆婆和家人议论的一个话题，甚至有人说'阿静的心理实在令人费解'。的确，无论阿静如何费尽心机安排周全，可日久天长，人们怀疑的目光自然就会集中到这方面来，背地里说什么的都有，诸如'芹桥的媳妇真是个贞女，即便是姐妹情分也该有个度啊'等等。只有猜测到三人心思的姑姑暗自为他们揪心。粥川家最初并不理睬这些传言，但是阿一一死便有人开始责备做母亲的对孩子关心不够。也难怪别人说，不管怎么说也是阿游的过失，虽说不是她不够疼爱孩子，只因平日一向由奶妈带孩子，她已习以为常。据说在孩子得病需要人看护期间，阿游还抽空外出半天。谁料就在那期间，孩子病情突然恶化，转成了肺炎。俗话说'母以子贵'，阿游现在没了孩子，近来又有不好的传闻，加上正值'风韵犹存'的年纪，于是众人得出了'趁着还没弄出什么丑事来之前，还是让她回娘家好'的结论。两家又为是不是接回娘家进行了一番复杂的讨价还价，阿游最终总算是圆满、体面地离了婚，就这样回了娘家。

"当时，小曾部家已由长兄继承，阿游原来受到父母的那般宠爱，加上粥川家做得也太过分了，为了赌这口气，长兄便没有待慢阿游，但此时的娘家毕竟不比父母健在之时，阿游处处有所顾忌。阿静提出'要是姐姐觉得在小曾部家憋闷，就来我们这里住吧'，却被长兄制止了，说'现在还仍然有人在说三道四，还是谨慎些为好'。据阿静说，长兄可能对实情略知一二或有所猜疑。之所以这么说，是因为一年之后，长兄劝阿游再嫁。男方名叫宫津，是伏见某酒厂老板，年龄上大了不少。早年曾经出入粥川家，知道阿游讲究排场。最近妻子去世，他便立刻上门提亲，求务必把阿游许配给他。他说若是阿游肯嫁，当然不会让她住伏见的店铺那样的地方，而是在巨椋池的别墅，再加盖阿游喜爱的茶室式建筑让她居住，生活会比在粥川家时更像贵族。听他说得这般天花乱坠，长兄自然动了心，劝阿游道：'你真是有福之人啊。你嫁过去的话，不就可以给那些说三道四的人当头一棒吗？'不仅如此，长兄还叫来父亲和阿静，对他们说：'为了打消外面的传言，由你二人出面好言相劝，让阿游同意这门亲事。'这一招使二人进退两难。如果父亲决心将恋爱坚持下去，只有情死一条路可走。据说父亲不止一次下过决心，可一直未能实施的原因正是因为阿静，也就是说，父亲觉得撇下阿静去情死是对不起她，可是，他又不愿意三个人一起赴死。阿静最担心的也正是这个。据说当时阿静对父亲说：'就让我和你们一起去死吧。事到如今，你们要是把我当外人，就太让我伤心了。'阿静说出这样吃醋的话，前前后后只有这一次。

"除此之外，使父亲决心动摇的是他对阿游的体恤之心。像阿游这样的女子最适合一大帮侍女簇拥左右，无忧无虑、悠游自在地享受荣华富贵的生活，而且也有人供养她。让这样福气的人去死实在是可惜，父亲这个念头起了关键的作用。父亲对阿游说出了自己的这一想法：'让你跟我一起走未免太可惜了，若是一般女子，为爱而死乃是天经地义，可是像你这样的人，上天给了享用不尽的福气与惠顾，若是抛弃了这些福分，你也就不是你了。所以，你还是到巨椋池的宫殿去吧，住在有着金碧辉煌的隔扇和屏风的大屋子里。只要想到你过着这样的生活，我觉得比一起去死还要高兴。听我这样说，你该不会认为我变了心或是怕死吧？正因为我觉得你绝对不是那种想不开的人，才会这样放心地对你说实话。因为你是那种可以将我这样的人坦然地弃如敝屣的、生性不钻牛角尖的人。'阿游一直默默地听着父亲说话，一滴眼泪吧嗒落了下来，但很快便抬起头来，露出开朗的表情，只说了一句：'你说的也是，就照你说的做吧。'她既没有显得不好意思，也没有刻意解释什么。父亲说，从来没有看到过阿游像此时这样高雅大气。

"就这样，阿游不久便再嫁去了伏见。可是，据说那位宫津老爷是个好色之徒，原本出于猎艳而娶了阿游，因此很快便觉得厌倦了，后来很少到阿游的别墅去了。不过，他说'那个女人，当作壁龛的摆设供起来是最合适的'，让阿游极尽奢华的生活，因此阿游依然置身于乡间源氏绘画中那样的世界里。大阪的小曾部家和我父亲家，从那时起日渐衰微，正如前面说的那样，我母亲去世前后，我们家就落到了搬去胡同最里面的合租屋的地步。对了，对了，刚才说的我母亲，就是阿静。我是阿静生的孩子。和阿游分手之后，

120

父亲想到多年来给阿静造成的种种烦恼，加上是阿游的妹妹，他感到难以言表的同情，便与阿静结合了。"

那男子说到这里，似乎是说累了，从腰间摸出烟盒。我见状说道："真想不到有幸听您给我讲了这么个有意思的故事，谢谢您了。那么，您少年时代跟着令尊在巨椋池别墅前流连的原因，我已经明白了。不过，记得您说过，后来您每年都去那里赏月吧？今晚也是在去的途中吧？"

"是的。我现在正准备动身去那里。即便是现在，每到十五月夜，我绕到那座别墅后面，从篱笆之间窥探，仍然可以看见阿游弹琴，侍女们在翩翩起舞。"

"尽管觉得这么问有些冒昧，请问那位游小姐，现在应该已是年近八十的老妇了吧？"我问道。可是，没有回音，只有微风吹拂着草叶。水边成片的芒草已沉入黑暗之中，那男子的身影也不知何时仿佛融入月色一般消失不见了。

吉野葛

其一　自天王

说起我去大和的吉野腹地游历，已是二十年前的事了，即明治末或大正初年。那时候可不像现在，交通十分不便，至于我为何起意要去那种深山老林，用今天的话说，就是"大和阿尔卑斯"那种地方呢？此事要从头说起了。

想必有读者知道，自古以来那个地方，尤其是十津川、北山、川上一带，一直流传着关于南帝后裔的传说，至今仍被当地人称为"南朝王殿下"或是"自天王殿下"。这位"自天王"，即后龟山帝的玄孙——北山宫殿下，在历史上实有其人，此说已为历史学家论证，绝不仅是传说。简略地说吧，在一般中小学历史教科书里，南朝的元中九年，北朝的明德三年，即义满将军执政时期，两朝议和，实现了南北统一。由此，所谓的吉野朝，即后醍醐天皇自延元元年建立的朝廷，在经历五十余载后灭亡了。但是此后，嘉吉三年九月二十三日深夜，一个名为楠二郎正秀之人，拥立大觉寺派的亲王万寿寺殿下，突然袭击了土御门皇宫，盗走三种神器①，逃至睿山之中。当时，在追兵追击之下，亲王自杀身亡，神器之中的宝剑与八咫镜被追回，只有神玺落于南朝人之手。那楠氏越智氏一族继而拥立万寿寺亲王的两个儿子为王，兴举义兵。由伊势至纪井，由纪井至大和，逐渐逃往北朝军鞭长莫及的吉野腹地的穷乡僻壤，尊亲王长子为自天王，尊亲王次子为征夷大将军，改年号为天靖，在敌军难觅踪迹的峡谷里持有神玺长达六十余年。然而，因遭赤松家遗臣设计，长禄元年十二月，两个皇子在官军讨伐下命丧九泉，大觉寺一脉的皇族最终被彻底剿灭。因此，若从此时往上推算，从延元元年至元中九年是五十七年，从元中九年再到长禄元年是六十五年，在总计长达一百二十二年之久的时间里，确实有拼死维持南朝余脉的皇族生活在吉野，一直在与京城抗衡。

自远祖以来，吉野之民就号称对南朝一心不二，一贯秉承着忠于南朝的传统。每当提起南朝，吉野的人们便如数家珍地一直说到这位自天王，至今仍坚决主张："我南朝不是五十余年，而是长达一百多年呢。"这也不难理解。我少年时代也爱读《太平记》，因而对南朝的秘史颇感兴趣，还曾想过以自天王的事迹为中心，构思一部历史小说——这个想法很早之前就有了。

据一部收集了川上当地传说的书记载，南朝遗臣们因畏于北朝

---

① 历代天皇作为皇位象征继承的三件宝物：八咫镜、天丛云剑、八尺琼曲玉（神玺）。

来袭，曾一度从现在被称为大台原山脚下的入波，迁移到了通往伊势边境大杉谷一带人迹罕至的深山里，在一个名叫三公谷的峡谷里建了一座王宫，并把神玺藏于岩洞之中。另据《上月记》《赤松记》等书记载，假装投降了南帝的间岛彦太郎及手下三十名赤松家余党，于长禄元年十二月二日，乘着下大雪之机突然发动叛乱。一队叛军突袭大河内的自天王王宫，一队直扑神谷的将军府。自天王虽挥刀迎战，奋力拼杀，终因寡不敌众，为逆贼所杀。逆贼夺取王之首级和神玺逃窜途中，遇大雪受阻，逃至伯母峰时天色已暮，遂将首级埋于雪中，在山中过了一夜。不料翌日清晨，吉野十八乡的庄司率众追击而来，激战之时，由于被埋于雪中的自天王首级突然喷出血来，庄司们立即将其挖出夺回。各史书对上述经过的记载虽略有出入，但《南山巡狩录》《南方纪传》《樱云记》《十津川记》等史书里也都有记载，尤其是《上月记》和《赤松记》，或由当时亲历者年老后撰写，或是其子孙记录的口述内容，因此其真实性无可置疑。又据某书记载，自天王当时年仅十八岁。此外，在嘉吉之乱中一度灭亡的赤松家族之所以能够东山再起，乃是由于他们那时弑杀了南朝的两位皇子，将神玺夺回京都而因功封赏的缘故。

　　归根结底，从吉野深山到熊野一带，由于交通不便，一些古代传说和名门望族得以延续也不足为奇。例如，据说曾经充作后醍醐天皇临时行宫的穴生的堀氏府第等，不仅其部分建筑保存至今，其子孙后代如今仍安居其宅邸之中。此外，《太平记》的"大塔宫熊野逃亡"一章中提及的竹原八郎一族——皇子曾在此家小住，甚至同东家之女生下一子，那竹原子孙如今也很昌盛。更为古老的还有居于大台原山中的五鬼继部落——当地人称其为"鬼的子孙"，绝不与其通婚。他们自身也不愿同部落以外的人结合，且自称是役行者^①的前鬼的后裔。既然地方风俗如此，尊崇南朝君主的乡土血统，即被称作"皇族后人"的名门世家为数众多。譬如柏木一带，每年一到二月五日，便举行"南朝王"祭祀，在曾经的将军府遗址——神谷金刚寺里举行庄严的朝拜仪式。在祭日那天，数十户"皇族后人"们被准许身着印有十六朵菊花家纹的武士礼服，同代理知事和郡长等人坐于上座。

我了解了这许多资料后，对于早就萌生出的写一本历史小说的想法更是热情倍增。南朝—吉野樱花—深山秘境—十八岁的英姿勃发的自天王—楠二郎正秀—藏于岩洞深处的神玺—从雪中喷出血来的大王首级，——仅是这样罗列起来，已堪称绝好的题材，更何况那地方的景致也无与伦比。在这大自然的舞台上，有溪流，有断崖，有宫殿，有茅庐，有春樱，有秋叶，这万千美景可以信手拈来，衬托出帝王传说的千般风流。更何况这些故事并非无中生有的空想，且不说正史，就连一般的记录和古文书上亦有详细记载，因此，作者只需将所掌握的史料巧做编排，便可形成一部妙趣横生之作。

----

① 役行者：又名役小角，相传他生活在奈良时代，是阴阳师的鼻祖、安倍晴明师父贺茂忠行的祖先，收服有前鬼、后鬼一对鬼神。

倘若再给史实稍加润色，适当加入些轶闻、传说，附会一些地方名胜、鬼的子孙、大峰的苦行僧、熊野封禅等，进而再演绎一位与大王匹配的美女——大塔宫后代的某公主亦未尝不可——想必越发好看了。

令我不解的是，如此丰富的素材为什么至今未曾引起稗史小说家的注意呢？不错，马琴写过一部未曾完成的《侠客传》。我虽没有读过，但听说其主人公是楠氏一个名叫姑摩姬的虚构女子，似乎与自天王的事迹毫无干系。还听说德川时代有过一两本以吉野王为题材的作品，但说不好在多大程度上是以史实为依据的。总而言之，在社会上流传的作品范围内，无论是读本，还是净琉璃或戏剧等，都未曾看到过此类题材。由于这些缘故，我便想要趁着还无人染指时利用这些素材构思出一部小说来。

事也凑巧，凭着一个意想不到的缘分，我打听到了许多那深山峡谷一带的地理状况和风土人情。我所说的缘分即是一高时代的朋友津村，他虽然出身大阪，但有亲戚住在吉野国栖，于是我多次通过津村搭桥，前往吉野采风。

名叫"kuzu"的地方，吉野川沿岸附近有两处。位于下游的写作"葛"字，上游的则写作"国栖"。源自于那位飞鸟净见原天皇，因天武天皇的谣曲而闻名于世的"kuzu"乃是后者。然而，无论是葛，还是国栖，都不是吉野特产——葛粉的产地。葛那里我不清楚，国栖这里的村民大多以造纸为生，而且使用的是今已罕见的原始方法：将楮树纤维在吉野川的水中漂白后制成手抄纸。我还听说这个村里姓"昆布"这一罕见姓氏的人特别多。津村的亲戚也改姓昆布，同样以造纸为业，而且是村里作坊最大的一家。津村告诉我，这昆布氏也是当地数一数二的名门望族，大概与南朝遗臣血统多少有些沾亲带故。

关于"入波"读作"shionoha"，"三公"读作"sannnoko"，我也是请教了津村的亲戚家后才知道的。此外，据昆布氏给出的说明，从国栖到入波，要翻越过五社峰岭得走四十多里路。由那里前往三公的话，到峡谷入口处还有十五里路，若到昔日自天王居住过的山里则要走三十多里。当然，我也不过是问问，即使从国栖这一带出发，也很少有人到那么远的上游去。不过，听顺流而下的撑篙夫讲，山谷深处的一块叫作"八幡平"的洼地里住有五六户烧炭人家。从那里再往前走五十町，有一处叫作"尽头隐平"的地方，那里既有人们传说中的王宫遗址，又有供奉神玺的岩洞。然而，从山谷入口处往里去的三十里路，全都是无路可走的悬崖峭壁，纵然是在大峰修行的苦行僧也不会轻易进入那里。柏木附近的人们，一般只是去入波川岸边涌出的温泉里泡泡澡便折返回来。其实，若敢于进入峡谷深处探险的话，即可发现有无数温泉自溪流中喷涌而出，有明神瀑布等多条飞瀑高挂山崖。可是据说知道这一绝景的，唯有山里的汉子和烧炭翁而已。

撑篙夫的这些讲述，更丰富了我的小说构思。本来小说素材已具备了诸多妙不可言的条件，现在又添加了溪流喷泉这一不可多得的布景。不过，由于我已在遥远的地方了解过所有能够接触到的资料了，因此，假如那时没有津村的怂恿，我恐怕是不可能探访那荒山深谷的。既然手头已有如此丰富的材料，不进行实地踏查，余下的部分也可以凭着自己的想象构思出来，那样反倒更随心所欲一些。

记得那年十月末或十一月初，津村怂恿我说：机会难得，何不去那边看看？他说：正好有件事要去一趟国栖的亲戚家，就算去不了三公，但咱们在国栖周边走一走，亲眼见识一下那里的地貌和风俗，对你的写作肯定大有裨益。你不必拘泥于南朝的历史，那地方奇闻轶事俯拾皆是，搜罗些与那个传说不一样的素材，足够你写两三部小说的呢。绝对不会让你白跑一趟的，你就拿出点职业精神来好不好！正赶上现在这个好季节，外出一游正当其时。吉野樱花固然闻名天下，但吉野秋景也毫不逊色呢。

虽说这铺垫太长了些，总之是因为上述缘故，我才突然决意启程前往的。当然津村说的"职业精神"也起了作用，不过坦率地说，悠游自在地去游山玩水才是我此行的主要目的。

其二　　妹背山

津村说他已预定了奈良若草山麓一家名叫"武藏野"的旅店，他于某日从大阪出发去奈良。于是，我乘夜班车离开东京，中途在京都住一晚，翌日一早到达了奈良。那家名叫"武藏野"的旅店至今犹在，但听说已不是二十年前的老板了。我记得当时那旅店的样式古色古香，清雅脱俗。铁道省①盖的宾馆要比它稍晚一些，故而在那个时候，"武藏野"同"菊水"都是一流的旅店。津村早已是等得不耐烦的样子，想尽快上路，而我也不是第一次来奈良，趁着好天气，我们只是从客厅窗口眺望了若草山，一两个小时后便出发了。

在吉野口换乘哐当作响的窄轨列车到吉野站后，再往前就得沿吉野川岸边的路步行了。走到《万叶集》中的"六田淀"——"柳渡"附近，路分为两条，向右去的那条通往赏樱胜地吉野山。一过桥即是下千本，接下去是关屋樱、藏王权现、吉水院、中千本……每年春天，这些地方都是人潮涌动，因前来观赏樱花的游人而熙熙攘攘。说起来，我也来看过两次吉野的樱花。一次是年幼时由母亲领着去京都一带游览，后来上高中时我自己又去过一次，印象中我也是挤在人群中沿着这条山路往右边去的。而左边这条路，我还是第一次走。

最近，由于汽车、电缆车已经通到了中千本，估计不会再有人在这一带悠然地漫步赏樱了，但从前来这里观赏樱花的人，肯定会选择这两条路中的右边这条岔路，走到六田淀的桥上，眺望吉野川两岸的美景。

---

① 铁道省：日本在大正及昭和时期存在过的政府机关，是二战后的运输省及日本国有铁道的前身。

"你看那边！那就是妹背山。左边的是妹山，右边的是背山……"

当时导游的车夫，会从桥栏杆上指着吉野川的上游方向，让游客驻足观看。记得那时，母亲也曾让人力车停在桥中间，把年幼无知的我抱在膝头，对着我的耳朵说道："你还记得《妹背山》那出戏吧？那就是真正的妹背山！"

我那时候还小，对妹背山并没有留下清晰的印象。虽已是四月中旬，山里依然寒气袭人。在樱花盛开季节的黄昏，远远望去，只见暮色苍茫的天空底下，吉野川九曲十八弯地从遥远山峡那边蜿蜒而来，河面上阵风掠过之处泛起一道道细微的涟漪。就在那山与山的空隙之间，透过迷蒙暮霭隐约可见两座形状可爱的山丘。虽然不可能看清楚两座山是隔河相望的，但我早已从戏剧里知道它们相隔于河流两岸。在歌舞伎的舞台上，大法官清澄之子久我之助和他的未婚妻——名叫雏鸟的少女，一个人在背山，一个人在妹山，紧临山谷筑起高楼，相望而居。即使在关于妹背山的戏中，这种场面也极富童话色彩，因此深深刻印在我这个少年的心里。当时听母亲这么一说，我马上想到"噢，原来那就是妹背山啊！"随即沉浸在孩子气的幻想之中：要是现在去那峡谷的话，可能会见到久我之助和那个少女呢！从此以后，我便忘不掉在这座桥上看到的景致，常常情不自禁地回想起来。

在二十一二岁那年春天，再次来到吉野时，我也同样倚靠着桥上的栏杆，一边怀念去世的母亲，一边久久地凝望吉野川上游的景色。由于河水从这吉野山的脚下注入到扇面般扩展开来的平原之中，原本湍急跌宕的激流呈现出"一马平川水流缓"的悠闲之态缓缓流淌。向远处望去，能看见上游左岸的上市。那个镇子里只有一条背山临水的街道，街道两旁坐落着很多低矮的、偶见白色墙壁的朴素农家。

我今天走上六田桥的桥头后，没有停留，径直拐向左侧的岔路，朝着以前一直从下游眺望的妹背山所在的方向走去。道路沿着河岸笔直地向前延伸，看似平坦好走，可听别人说，从上市开始，经过宫濑、国栖、大濑、迫、柏木便会逐渐深入吉野腹地的深山密林。来到吉野川的发源地，翻过大和与纪井的分水岭之后，就抵达熊野浦了。

由于我们从奈良动身较早，正午刚过便进入了上市。排列于街道两侧的住家式样与我在那座桥上想象的一样，甚是古朴无华。虽说靠河岸一侧的房屋稀稀落落，形成单侧坐落民房的街道，但大部分房屋构造都遮挡了河流的景致。格子窗被烟熏黑了的、像阁楼般低矮的二层楼，在街道两旁一家挨着一家。我一边走一边朝昏暗的格子窗里面窥去，只见里面多是庄户人家常见的那种没铺地板的房间，可以一眼看到后门。几乎每家的大门上都挂着藏蓝色的布帘，上面印着白色的店铺字号或姓名。不光是开店的人家，就连殷实人家也大抵如此。家家户户临街一面的房檐全都压得低低的，门面很狭窄，但从布帘向里面望去，隐约可见内院的树木，有的还建有厢房。看来这一带的房屋至少有五十年，甚至一二百年的历史了。

房屋虽然古老，每户人家的门窗裱纸却都是崭新的，就像刚刚贴上去的一样，没有污痕，哪怕一点裂口也被花瓣形状的剪纸精心修补了。白色的裱纸在空气清澄的秋日里，令人感觉格外清冷雪白。裱纸如此洁净，大概是因为山里没有浮尘，也可能是由于此地不使用玻璃窗，因而对拉窗裱纸要比城里人更为敏感吧。虽说像东京那边的住家那样在窗户外侧加一层玻璃窗比较好，否则拉窗纸要么又脏又黑，要么会从破洞钻进风来，不能放任不管。总之，这拉窗裱纸那清爽悦目的洁白，将一家家格子门、隔扇被烟熏得黑黑的住宅，打扮得朴素雅致，宛如一位家境贫寒却衣着整洁的美女。我望着照在拉窗裱纸上的日光，不由得深深感慨秋天就是美啊！

尽管朗日晴空，湛蓝如洗，映在窗纸上的日光却明亮而不刺眼，美得令人陶醉。秋阳已经转至西边的河流上方，所以那日光是照在街道左侧人家拉窗上的光线又反射到右侧房屋中的。果蔬店头摆放的黄澄澄的柿子尤其好看，木淡柿[1]、御所柿[2]、美浓柿[3]等形状各异的柿子，将室外的光线吸收到其熟透的晶莹剔透的珊瑚色表面，宛如明眸般熠熠生辉。就连放在面馆玻璃箱子里的面团儿也被衬得格外

---

[1] 木淡柿：在树上就熟了的甜柿子。

[2] 御所柿：奈良御所市产的柿子，扁平、子少，熟后是深红色。

[3] 美浓柿：美浓市特产的柿子。

光鲜。道旁有的住家房檐下铺着草席，放着簸箕，上面晾着焦炭。不知从何处传来铁匠铺的打铁声和碾米机的唰唰声。

我们一直走到小镇尽头，在一家小饭馆的临河房间里用了午餐。站在桥上看时，觉得妹背山似乎在上游很远很远的地方，来到这里才发现只是近在眼前的两座小山丘。两山之间隔着一条河，河这边的是妹山，河那边的是背山。《妹背山妇女庭训》的作者，想必是亲眼见到这里的实景之后才产生那个灵感的吧。不过这里的河面要比戏台上的宽些，并不是戏里那般窄窄的小溪流。纵使两座山丘上曾经有过久我之助的楼阁和雏鸟的楼阁，恐怕也不可能近到能够互相应答的地步吧。其中背山的山脊与其后的峰岭相连，并不是完整的山形，而妹山则是个完全独立的圆锥体，披着一身繁茂苍翠的绿树外衣。上市的街道一直延伸到这座山的脚下。从河流这边看那些房屋的后墙，二层楼就成了三层，平房也有二层楼高。有的人家从楼上架一条铁丝通到河床上，将水桶挂在上面，装满水后，用铁丝将水桶咻溜咻溜拉进屋里来。

"我跟你说啊，过了妹背山就能看到义经千本樱了。"津村突然这样说。

"千本樱是在下市吧？听说那里有吊桶寿司铺……"

有这么一出净琉璃，说的就是维盛曾以寿司铺的养子身份藏身于此的故事。在下市这个镇子里，有人根据这出无根无据的戏曲自称是维盛的子孙——我虽不曾拜访过那户人家，但听说过这样的传闻。而且我还听说，那户人家里虽然没有恶权太①了，但至今仍给女儿取名阿里，还在卖吊桶寿司。不过，津村提起的前面宫瀑对岸的摘菜里，是因为收藏着之前说过的静公主的初音鼓②这个宝物的人家就住在那里。由于顺路，津村便提议"咱们去看看那件宝物吧"。

说起这摘菜里，大概就位于谣曲《静二人》③中演唱的摘菜川岸边吧。"摘菜川岸边，有女翩然自天降……"谣曲唱到这里时，静公主的亡灵登场，独白道"恨妾身罪孽深重，整日抄经为赎罪"，之后边舞边唱："我虽万般羞愧，亦未曾忘却昔日情……可将妾之身，比作三吉野川之河，名曰摘菜女。"可知这摘菜里之名与静公主有关，即使作为传说也颇有些根据，或许并非全是瞎编。《大和名胜绘卷》里也有记载："摘菜里有一条名川，名曰花笼④，又有静公主生前暂居处遗址。"由此可以认为，这一传说自古就有吧。

---

① 恶权太：权太是《义经千本樱》里的人物，原是个无赖，后改邪归正，故称恶权太。

② 初音鼓：法皇赐给源义经的名鼓。据《义经记》和《义经千本樱》，左大臣朝方知道义经与其兄赖朝不和，以初音鼓的里皮和表皮来比拟他们兄弟俩，造谣说这是法皇给义经下的诏书，让他去讨伐其兄。为义经决意一生不敲此鼓。之后他把初音鼓交给爱妾阿静（即"静御前"，"御前"是日本古代对贵族女子的称呼），并将阿静托付给友人佐藤忠信。阿静听说义经已去了吉野，便私自与忠信逃到了吉野。而此时忠信就在义经身边，这时众人才发现阿静身边的忠信原来是只狐狸。根据狐狸坦白，初音鼓的里皮、表皮是这只狐狸的父母之皮，因怀念父母，才化成忠信，与阿静身边的初音鼓相伴随随。义经深感动物情爱之美，便将初音鼓送给了狐狸。狐狸为报恩，之后施展法术，救了危难中的义经。

③《静二人》：此谣曲说的是，在信长面前出现了两个跳舞的摘菜女，其中一个是阿静的灵魂附身的摘菜女，故名。

④ 花笼：即采摘花朵的筐。

137

那持有初音鼓之家，如今虽以大谷为姓，昔日称为村国庄司。据其祖上的记录所载，文治年间，义经与静公主落难到吉野之时，曾暂居于其家。此外，摘菜里周边还有假寐桥、象小川、柴桥等名胜，有人趁观光之便前去求看初音鼓。但这家人说是祖传珍宝，除非有可靠的介绍人事先打招呼，否则不肯随便出示与人。因此，津村对我说，他早已为此事拜托国栖的亲戚跟对方垫过话了，人家今天多半正等我们去呢。

　　"这么说，这就是那个蒙着母狐皮的鼓了？静公主砰地一敲，忠信狐就马上出现的那个鼓，对吧？"

　　"嗯，对，对，戏里是这样演的。"

　　"真的有人家保留着那个宝贝？"

　　"听说有的。"

　　"确实是狐皮的鼓面吗？"

　　"我也没见到，不敢保证。只是听说那户人家的确不是普通人家。"

　　"多半和吊桶寿司铺之类的传说差不多吧！谣曲里也有《静二人》，都是从前那些好事之人凭空想象出来的吧！"

　　"也许吧，不过我还是对那个鼓有点兴趣。不管怎样，一定到大谷家去好好看看初音鼓。很早以前我就有这个念头，这也是我这次旅行的目的之一。"

　　津村的话里似乎有更深层的意思，但当时他只是说了句"以后有时间再告诉你吧"。

其三　　初音鼓

　　从上市到宫瀑，道路仍旧沿着吉野川右岸向前延伸。越往山里走，秋色愈加浓郁。我们不时拐进柞树林，沙沙地踏着满地落叶前行。这一带枫树较少，且稀稀落落散在各处。然而，正值红叶之时，枫树与常春藤、黄栌、山漆等一起点缀着这座杉树覆盖的崇山峻岭，从最深的红色到最浅的黄色，色彩斑斓。虽然统称为"红叶"，但放眼望去，有黄色、褐色，还有红色，真可谓是色彩纷呈、种类繁多。即使同为黄叶，浓淡不同的黄色也有几十种之多。人们都说野州盐原之秋让盐原所有居民的面容变成了红色，那种红叶尽染的景观固然赏心悦目，但此处这般五彩缤纷亦有着别样的风采。"百花缭乱"或是"万紫千红"，虽是形容春野之花的用语，但眼前这派以秋季的灿然黄色为基调的美景，若论色调的万千变化恐怕不亚于春日原野。更美的是，那些不时飘落的黄叶，在透过峰与峰空隙间倾泻于谷底的秋光辉映下，有如纷飞的金粉般闪闪烁烁地飘落水中。

　　《万叶集》里的"天皇幸于吉野宫"，说的就是天武天皇的吉野离宫——据说笠朝臣金村的所谓"三吉野乃多艺都河内之大宫御所"、三船山、人麻吕吟咏的"秋津的原野"等，都在这宫瀑村附近。不久，我们离开村道，过河去对岸。河谷在此处逐渐变窄，河岸危崖壁立，湍急的水流不时撞击着河中巨石，平添一处湛蓝之渊。涓涓的象小川从那林木葱郁的象谷深处袅袅婷婷流过来，注入那深渊中，假寐桥便架于这条溪流注入深渊的地方。所谓义经曾在此桥歇息之说，恐怕是后人的牵强附会。然而一脉清流之上，芊芊小桥横挂，四周林木掩映，桥上的顶篷如小小船篷般可爱——那顶篷或许是为了遮挡落叶，而非挡雨而盖吧。不然，值此落叶时节，小桥会转瞬间被落叶掩埋。

桥头有两户农家，桥的顶篷下边堆着些柴火捆，几乎成了其自家仓库，只留出勉强可过人的通路。这里是叫作樋口的所在，再往前便分为两条路，一条沿河岸通往摘菜里，一条过假寐桥，经樱木宫、喜佐谷村，再从上千本前往苔清水、西行庵方向。静公主歌中所唱的"仰望山头雪皑皑，有人踏雪进山来"，可能就是过了这桥，从吉野后山前往中院的峡谷那边去的。

此时，我们蓦然发现一座高高山峰耸立在眼前，天空被挤压得更狭小了，无论是吉野川的流水、人家还是道路，似乎到此都止步不前了。虽说是如此险峻的山谷，可村落这种东西只要有点空地便会不断地拓展下去。因此，尽管三面环山，洼地窄如口袋底，人们仍在狭窄的河岸斜坡上开荒种地，建造茅屋。这里就是人们所说的摘菜里了。

果不其然，看那水流之势、山形地貌，都像是落难之人的栖身之所。

我们向人打听大谷家，即刻找到了。从村口往里走五六町远，在一处拐往河滩的桑田中，一座鹤立鸡群般的茅草屋顶房屋便是那户人家。由于桑树长得高大，远远望去，只能看见那种老宅式样的茅草屋顶和瓦檐，宛如海中孤岛般飘浮于桑叶之上，果然与众不同。虽说房顶造型不同凡响，但走进房子内，却是普通的庄户人家。两间相通的堂屋面朝田地，临街的拉窗大敞着。在铺着地板的房间里，坐着一位四十岁模样的人，像是房子的主人。他一看见我们两个，没等我们出示名片就出来迎接了。只是他那晒得黝黑的、紧绷绷的脸庞，眯缝着的善良眼神，以及短脖颈宽肩膀的体格，怎么看都是个老实巴交的农夫。

　　"国栖昆布先生跟我打过招呼，已经恭候你们多时了。"他的方言很重，连这句话都叫人难以听懂。我们询问什么，他也不能顺畅地回话，只是恭谨地鞠躬。想来此户人家如今已没落，不见昔日的景况。不过我觉得这样反而容易亲近。

　　我开口道："百忙之中多有打扰，十分抱歉。听说府上珍藏有祖传至宝，平日很少出示于人，我们此番冒昧前来，是想观赏一下这个宝物。"

　　"哪里，并不是不出示于人……"他有些惶恐地说道，"其实是先祖留下了一条规矩，就是在取出那件物品之前必须斋戒沐浴七天。当然如今也不讲究那么多规矩了，若有人想看，我都是来者不拒的。只是每天我都要在田里干活，如果有人突然来访，我抽不出时间接待客人。尤其是这几天秋蚕那边还没忙完，平时家里的榻榻米全都收起来了，所以客人突然来访，连个招待客人的地方都没有。事先打个招呼的话，我一定会抽出时间恭候光临的。"他把指甲又黑又长的手叠放在膝头，难以启齿似地解释道。

如此说来，今天他的确是特意把这两个房间铺上榻榻米，等候我们的到来。我从拉门的空隙往储藏室一看，里边的地板上确实还没有铺席子，屋子里零乱地堆放着似乎是临时塞进去的农具。壁龛里已经摆放了好几件宝物，主人恭恭敬敬地将它们逐个排列在我们面前。

这些宝物有：题为"摘菜里由来"的卷轴一个、义经公所赐长刀和短刀数口，及其物品清单、刀护手、箭袋、陶瓶，还有静公主的初音鼓等等。其中《摘菜里由来》挂轴末端写着："时任五条御代官御役所①御代官内藤杢左卫门大人巡游此地之际大谷源兵卫以七十六高龄遵嘱记录传闻如右留存于家中者是也"，落款时间为"安政②二年乙卯夏日"。据传，安政二年代官内藤杢左卫门来到此村时，曾接受现主人的远祖大谷源兵卫老人的跪拜，然而，大谷老人一出示此卷轴，代官即刻起身让位，给老人屈身跪拜。只是那挂轴的纸很脏，黑乎乎的就像烧焦了似的，难以辨认，因此附有抄本一份。

---

① 五条御代官御役所：或称五条御役所。御役所相当于当时的市政府机关，代官在领主不在领地期间代行其职务，管理领地事务。

② 安政：日本年号，安政二年为公元 1855 年。

原文如何不得而知，那抄本病句错字连篇，就连所注假名也有不少让人不放心之处，很难相信是出自有学识的人之手。不过根据文中所说，此家祖先早在奈良朝之前便居于此地，壬申之乱时，一个名为村国庄司男侬的人助天武帝征讨大友皇子。当时，庄司占有该村至上市的五十町之地，因此"摘菜川"之名指的是这五十町之间的吉野川。关于义经，文中写有"此外，源义经公于川上白矢岳过五月端午，而后下山，在村国庄司宅内逗留三四十日。曾观宫瀑，游柴桥，此乃其时御咏之歌"以及和歌两首。时至今日，我尚不知义经有传世歌作，但上边所记歌作，即使在纯粹的外行人看来，也觉察不出是王朝末期的格调，措辞也甚为粗俗。关于静公主，则曰："其时，义经公爱妾静公主曾于村国氏家中逗留。自义经公落难奥州以来，公主自知已是凶多吉少，遂投井身亡。故人皆称其井为'静井'。"这就是说，静公主是死在这里的。而且文中还说："然静公主与义经公死别后妄念作祟，化为火球，夜夜从井中升腾而出，凡经三百载。其时，莲如上人等行至饭贝村，给村民讲经之时，有村人乞求上人超度静之亡灵，上人即刻为其接引，将一首摘自大谷氏所藏和歌书写于静之长袖上。"下面还记录了那首和歌。

我们看挂轴时，主人一句也不说明，只是默默端坐一旁。看他神情，可知他心中对这祖传记事没有半点怀疑，盲目地相信这都是真实的。"那位高僧写有和歌的长袖和服现在在哪里呢？"听我发问，他回答："先祖时代，为了给静的亡魂超度，捐给村里的西生寺了，但是据说寺院里已经没有了，不知落在谁手里了。"我又拿起长刀、短刀、箭袋等物看了看。年代似乎已相当久远，尤其是箭袋已经磨得破烂不堪，不过毕竟不是我们能鉴定的。再看传说中的初音鼓，鼓面已经没有了，只有鼓身装于桐木箱内。我们对这个也不懂，但可以看出那上面的漆好像比较新，也没有泥金画之类的，看上去不过是个平庸无奇的黑色鼓身。当然，木料好像很古老，也许那漆是后代什么人重新涂的吧。"或许是那样吧。"主人的回答显得不以为然。

此外，有两尊带屋檐和门扉的造型考究的牌位。一尊门扉上绘有葵花图案，牌位上刻着"赠正一位大相国公尊仪"；另一尊是梅花图案，牌位上雕有"归真松誉贞玉信女灵位"，其右侧刻着"元文二年巳年"，左侧是"壬十一月十日"。然而主人对这牌位似乎一无所知。只说是这牌位相当于大谷家主公的，每年正月元日朝这两尊牌位跪拜已成惯例。主人还严肃地说，他认为写有元文年号的那尊说不定就是静公主的灵位。

看着主人那善良、谨慎、细眯着的双眼，我们也不好再说什么了。事到如今，已无须再向他解释元文年号是何年月①，搬出《吾妻鉴》和《平家物语》来考证静公主的生平了。总之这位主人对这些记载是那样地深信不疑。在他的心目中，在鹤岗神社前，在赖朝面

---

① 元文是指公元 1736 至 1740 年间，与源义经、静公主生活的年代相去甚远。

前起舞的未必是静本人，她只是象征着这个家族的远祖所生活的过去——令人怀念的古代某个高贵的女性而已。因为在静公主这位贵族女性的幻影中，寄托着他对祖先、主君、往昔的崇敬与思慕之情。至于那位贵族妇女是否曾经真的来这户人家求宿栖身，逃避乱世，是不必深究的。既然主人相信，就由他去相信为好。出于同情主人，也勉强可以说那位公主或许不是静，而是南朝的某位公主或战国时期某一落难之人，总而言之，在此人家兴旺之时，曾经有什么高贵的人来过这里，于是，阴差阳错地演绎出了有关静的传说也未可知。

我们准备告辞时，主人道：

"没什么可招待的，请品尝一下糖柿子吧！"

然后他给我们沏了茶，还端一个托盘，托盘里放着好几个柿子，还有一个空烟灰缸。

糖柿子大概就是熟柿子吧。空烟灰缸应该不是给抽烟人用的，而是吃烂熟得黏糊糊的柿子时用它接着。因主人一再相劝，我便小心翼翼地拿起一个眼看就要胀破的熟柿子，放在手心。这是一个底部尖尖的圆锥形大柿子，由于已经熟透，果实红彤彤的，晶莹剔透，恰似一个胀鼓鼓的胶皮袋，颤颤悠悠的，对着阳光一看犹如琅琊珠般璀璨。街头卖的那种酒桶漤熟的柿子，无论熟到何种程度也不会呈现这般美丽的色泽，而且等不到这么柔软就已经软塌塌得不成样子了。主人说，能做成糖柿子的只有皮厚的美浓柿，必须在其又硬又涩的时候从树上摘下，装入箱内或筐中，尽量放在背风的地方。

十天后，无须任何加工，其皮下果肉便自然成为半流体，甜如甘露了。若是其他柿子，里边的果肉已融为一包水，不会像美浓柿那样黏稠如糖稀。吃的时候，虽说也可以像吃半熟鸡蛋那样，拔掉柿蒂，把汤匙插入蒂孔里舀食，但比较起来，还是不怕弄脏手，剥开皮接着器皿来吃更加美味。他还说，不过看着好看，吃着又好吃的时候，只限于十天后那头几天。时间再长些的话，糖柿子也同样会化成一包水的。

听着主人这些话，我入神地看着手心这颗硕大的露珠，只觉得这山间的灵气和日光全都凝聚在这颗柿子上了。曾经听人说，过去乡下人进京时，都要带一包京城里的土回家去，如此说来，若有人问起吉野秋色时，我是否该把这柿子小心翼翼地带回去给他看呢？

说到底，比起初音鼓或是古文献来，大谷家最使我感兴趣的还要数这糖柿子。津村也好，我也好，都禁不住那冰凉甘醇的汁液从牙缝间沁入胃里时的惬意。我贪婪地一连吃了两个黏糊糊的大甜柿子，仿佛自己的口中满含着整个吉野之秋一般，想那佛典中的庵摩罗果①也没有如此美味。

---

① 庵摩罗果：即芒果——作者原注。

146

其四　狐唣

"我问你，我看了那篇有关摘菜里由来的文章，好像只说了初音鼓是静公主的遗物，并没写狐皮的事吧？"

"嗯……所以我想，那面鼓应该是剧本出现以前就有的。如果鼓是后来制作的，不可能不和剧情发生一点关联吧。就是说，正如《妹背山》的作者是在看到实景后才产生那个构思一样，《千本樱》的作者也是在访问大谷家或听到传说后才着手创作的。问题是，如果《千本樱》的作者是竹田出云①的话，那么剧本的出现至少是在宝历②之前，而安政二年的'由来文'的年代就近一些。不过，倘若依照'大谷源兵卫以七十六高龄遵嘱实录传闻'所述，那传闻岂不是要早很多吗？即使那个鼓是伪造的，也不会是安政二年的产物，而是很久以前就存在的，这样推测应该比较顺理成章吧？"

"可是，那面鼓看上去不是很新吗？"

"有可能是新的，但是，鼓也可以重新涂漆或加以改造，使用个两代三代的。我想在那面鼓之前，那个桐木箱里说不定还曾经收藏过一个更古老的鼓。"

从摘菜里返回对岸的宫瀑，要经过一座可算是当地一处名胜的

---

① 竹田出云（1691—1756）：净琉璃作家，竹本剧团老板，师从近松门左卫门，作品有《义经千本樱》《假名手本忠臣藏》等。

② 宝历：日本桃园天皇的年号，为公元1751至1764年间。

柴桥。我们俩在桥头的一块石头上坐下，继续谈论这件事。

贝原益轩著的《和州巡览记》里记载："宫瀑并非瀑布，盖因其左右皆崖壁危岩，吉野川流经其间也。两岸巨石高达五间，如屏风立于两侧。河面宽约三间，狭窄处架一飞桥。因水流磅礴至此，河水甚深，其景绝妙也。"这段恰恰就是描述从我们歇息的这个岩石上看到的景致吧。此书中又云："据闻村人有所谓'飞岩'绝技，即从河岸纵身跃入水中，顺流而下，展示高超泳技，捞取水底铜钱给人看。他们跃入水中时，双手贴于体侧，两腿并拢，潜水丈余后挥臂浮出。"《名所绘卷》中就有"飞岩"图。此河两岸地形、水流走势，一如图示。河水流到此处，浪头峰回路转，从巨石间倾泻而下，飞沫四溅，激流跌宕。刚在大谷家听主人说，每年因木筏撞上此岩而遇难者屡见不鲜。表演飞岩绝技的村夫，平时在这一带钓鱼、耕田为生，偶有旅人路过，他们便邀请人家观其看家本事。他们从对岸稍低的岩石上跳下去收费一百文，从这边高些的岩石上跳下去要价二百文。因此对岸的岩石便称为百文岩，这边的称为二百文岩，据说至今依然沿用该名称。虽然大谷家主人年轻时也曾目睹过飞岩，但近年来很少有游客对此感兴趣，这绝技也就不知何时开始失传了。

"过去来吉野赏樱花，道路没有今天这样宽，所以要从宇陀郡那边绕道过来，因此路过这一带的人很多。就是说，义经逃来时走的并不是现在人们常走的那条路。这说明竹田出云肯定来这里看过初音鼓的！"

　　这么说，津村坐在这块岩石上不知什么缘故仍然念念不忘那个初音鼓，因为他又提起自己不是忠信狐，但思慕初音鼓的心情比那只狐还要强烈，一见到那鼓感觉就像遇到自己的母亲似的。

　　在这里，我必须要给读者简要介绍一下这位津村青年的为人。说实话，我也是那时坐在这岩石上，听到他那番讲述后才知道的。这是因为——前面也提过——虽然我和他在东京时是一高时代的同学，交情也不错，但从一高升大学的时候，他由于家里的安排回了大阪老家，从此荒废了学业。当时我听说的情况是，津村家是岛内的世家，世代经营当铺，除他以外还有两个姐妹，但因父母早亡，三个孩子是由祖母带大的。姐姐早已出嫁，现在妹妹也订了婚，祖母越来越感觉没有依靠了，便想把他叫回身边，再加上家务也没人照应，他便突然退了学。尽管我曾经劝他"那就去京都大学，如何？"可是津村当时的志向是搞创作，而非做学问。恐怕他打的如意算盘是买卖的事就交给掌柜，自己还是得空写点小说更自在逍遥吧。

　　然而，从那以来，虽然我和津村一直通信，却没看到他写出什么东西。他虽然嘴上那么说，可一旦回到家里，成了不愁吃穿的少东家，曾经的勃勃雄心自然就淡了下来。因此我料想，津村也是不知不觉中顺其自然，甘愿去过那种四平八稳的市井生活了。这样过了两年后，一天接到他的来信。当我看到信的末尾，他告知他祖母去世的消息时便猜想，过不了多久，津村就会迎娶一位具有典型的京阪风韵的美女，即人们所说的那种"名门闺秀"做新娘，成为名副其实的岛内少东家了。

由于上述缘故，此后津村虽来过东京两三次，但自从走出校门之后，这次才终于得到和他促膝长谈的机会。这位久别重逢的朋友给我的感觉，基本如我想象。无论男女，一旦结束学生时代进入家庭生活，体质很快就会发生变化，仿佛营养增加了似的变得白皙、丰满起来。津村的性格里，也多了些大阪的公子哥特有的那种悠游自在的圆滑，尚未完全消失的学生腔里带着大阪腔调——他以前就多少带有这腔调，现在更明显了。这样介绍下来，对津村其人想必读者知道个大致轮廓了。

话说津村在这岩石上突然谈起了初音鼓与他之间的因缘，以及促使他此次旅行的动机、隐藏在内心的目的等，由于其过程太冗长，下面我尽可能简要地说一说他告诉我的故事。

我的心情，如果不是大阪人或者不是像自己这样幼年失去父母、不知双亲长什么样的人，是绝不可能理解我的。如你所知，大阪素有净琉璃、生田流筝曲、地歌这三种传统音乐。我虽并不特别喜好音乐，但毕竟是本地习俗，难免常有机会接触到，听得熟了会潜移默化地受到影响。现在还记忆犹新的是我四五岁时所看到的一个情景。记得那一天，在岛内家中最里边的房间，有一位面如银盘、眉目清秀的优雅贵妇人和盲人检校在合奏古筝与三弦。我觉得当时弹琴的那位高雅少妇，正是自己记忆中仅有的母亲形象，但我始终搞不清楚那女人是否真的是我母亲。多年后祖母告诉我那个少妇应该不是她，因为母亲在那之前不久已经去世了。然而，不可思议的是，我竟然记住了当时检校和那位少妇弹奏的是生田流的谣曲《狐哙》。说起来，我家中从祖母到姐妹无一不是那位检校的徒弟。我后来也时常听到《狐哙》这首曲子，听得耳熟能详，这记忆因而不断被加深吧。说到那谣曲的唱词是：

娘亲娘亲好哀伤，花容月貌全变样，
可恶法师施法术，娘亲无奈弃儿郎。
壁龛之中霜晨露，智慧明镜亦蒙尘，
眷眷亲情难割舍，回顾无语泪两行。
翻山越野为谁来，千里报恩为君来，
如今汝却舍我去，苦苦思念徒悲伤。
万般不舍归山林，白菊筱竹穿行过，
山路处处闻虫声，虫鸣啾啾迎朝阳。
西边田间有人烟，山野小路好奔逃，
翻过一山又一山，此恨绵绵欲断肠。

我现在还能一字不差地唱出那支曲子和过门。我之所以以为自己是从检校和少妇那里听来的，一定是因为这唱词中含有某种深深打动懵懂无知的小孩子的东西。

地歌的唱词原本就常常不合逻辑，词语不通，许多曲词就像是故意让人听不懂似的十分晦涩。若是再加上引用谣曲或净琉璃中的典故，又不知道其出处的话，就更不知所云了。由此可知，《狐哙》可能也是另有其典故的。尽管如此，当时我虽然年幼，听到那"娘亲娘亲好哀伤，花容月貌全变样"还有"可恶法师施法术，娘亲无奈弃儿郎"等唱词，却能够体味到那里面饱含少年苦思离家而去的母亲的悲切。而且，无论是"翻山越野为谁来，千里报恩为君来"还是"翻过一山又一山，此恨绵绵欲断肠"都有着类似催眠曲的调子。不知是怎么联想的，尽管我不可能认得"狐哙"这两个字，也不懂其含义，可在反复听这曲子的过程中，就朦朦胧胧地明白了这个词大概同狐有关。

这或许是因为我经常跟着祖母去文乐座、堀江座看木偶戏，看到《葛叶》①里的白狐别子场景深深印入了脑海吧。那只母狐狸，秋日黄昏在隔扇内织布时发出嘎噔噔嘎噔噔的声音，一边望着熟睡小狐狸的脸，一边依依不舍地往隔扇上写下那首离别诗"若思母，可来和泉信太见葛叶……"此情此景，对一个从没见过母亲的孩子的震撼，没有过同样境遇的人是想象不到的。我虽然还是个孩子，也

---

① 葛叶：净琉璃《芦屋道满大内鉴》（俗称《葛叶》）中的女主人公。大阪府信田森林里有一白狐，化女名葛叶，同安倍保名相爱结婚，生一子。后因被儿子看到原形，遂留下一首离别诗后返回森林。

从"如今汝却舍我去，苦苦思念徒悲伤"以及"万般不舍归山林，白菊筱竹穿行过"等唱词中，看到一只沿着秋色绚烂的小路朝着森林里的老巢跑去的白狐，将自己比作那个追寻母狐而去的童子，因而愈发陷入对母亲的无尽怀念之中吧。这么说来，也许因为信田森林就在大阪附近吧，自古以来便有好几种和家庭游戏结合在一起玩的葛叶童谣。我自己也记得两首。一首是：

快套哟，快套哟，信田森林里，有只狐狸快来套。

人们一边这样唱着，一边玩套狐狸的游戏。一个人装狐狸，两个人当猎人，拿着同一条绳子的两头，绳子中间系有圈套。听说东京的市民家庭里也玩类似的游戏，我自己就曾在酒馆里让艺妓表演过。但唱词、曲调和大阪那边的有些不同。而且，在东京参加游戏的人都是坐着，而大阪一般是站着玩，装狐狸的人随着童谣的拍子，一边模仿狐狸的动作，一边走近绳套。假如偶尔由街上的美少女或少妇来扮演狐狸就更加优美动人了。记得少年时代，我常在正月的晚上被亲戚叫到家里去一起玩这种游戏。我现在还记得，当时有个童心未泯、性格活泼的漂亮少妇，她模仿的狐狸简直是惟妙惟肖。

还有一种游戏是：很多人手拉手围坐一圈，让当小鬼的人坐在圈的正中。然后大家把黄豆样的东西攥在手心里，不让小鬼看见，一边唱童谣一边把豆豆传到下一人手里。儿歌唱完时，大家都一动不动地等着小鬼猜豆豆在谁手里。那首童谣的歌词是这样的：

摘穗穗，

摘蓬头，

手心里头九颗豆。

九颗豆豆好可爱，

数豆更想见娘亲。

想娘亲，快来找，

信田森林找葛叶。

葛叶葛叶你在哪，

快快出来好娘亲。

我感到这首童谣流露出孩子们朦胧的乡愁。在大阪城里，有很多从河内、和泉一带乡村来的合同期一年的学徒和女佣。冬季寒冷的晚上，这些做工的和主人全家便关起门户，围坐在火盆旁边，一边唱着这个童谣一边做游戏——这种情景，在船场、岛内的一些店家常常可以见到。想起来，这些离开草莽家乡，前来学习经商和礼节的小学徒，在他们随口唱出的"数豆更想见娘亲"的时候，眼前难免浮现出那蜷缩在昏暗的茅草仓房中的父母面影。后来，我无意中听说《忠臣藏》的第六段即戴着深斗笠的两名侍从来访的段落里，这首童谣被编进了唱词。令人佩服的是，其中与市兵卫、阿轻及其母亲等人的命运被编得那样天衣无缝。

当时，岛内我自己家里也有不少做工的人，每当我看见他们边唱此歌谣边做游戏的时候不由得既同情又羡慕。虽说这些学徒离开双亲膝下住进别人家里怪可怜的，但他们毕竟回到家乡就可以见到父母，可我却见不到他们了。由于这个缘故，我总觉得只要跑到那信田森林里去就能够见到母亲了。记得上小学二三年级的时候，我竟然瞒着家人，约了班里的好友，真的去了信田森林。那个地方交通非常不便，即使是现在，从南海电车下车后也要徒步走上几里路。那个时候，铁路好像还没有铺到现在的一半，只记得大半路程都是坐在颠簸的马车上，还步行了好长一段路。到了那里一看，高大的楠树林里建有一座葛叶稻荷庙，庙里有一口葛叶姬照镜子用的水井。我观看了绘马殿内悬挂的画有葛叶别子场景的贴花绘马①，以及雀右卫门或其他什么人的肖像匾额，从中多少得到了安慰，便走出了森林。回家途中，我还听到家家户户的格子窗里面传来"嘎噔噔嘎噔噔"的织布声，感到格外亲切。或许因为那一带是河内的棉花产地，织布机才这么多吧。总之，那些织布机声极大地抚慰了我对母爱的憧憬。

不过，让我不解的是，自己那般思念的对象主要是母亲，对父

---

① 绘马：日本人许愿的一种形式，大致产生在日本奈良时代，绘马有大绘马和小绘马两种。大绘马类似匾额，比较少见。一般所说的是民间常用的小绘马，在一个长约15厘米高约10厘米的木牌上写上自己的愿望，供在神前，祈求得到神的庇护。

亲则没有那样强烈。其实父亲是先于母亲去世的，因此即便母亲的形象有可能留在自己的记忆中，对父亲也是毫无印象的。从这点来看，自己对母亲的思念只是出于对"未知女性"的一种朦胧的憧憬，也就是说，说不定与少年时期的情窦初开有关系。因为对自己来说，无论是往日的母亲，还是将来成为自己妻子的女人，同样是"未知女性"而且同样是由一条无形的因缘之线与自己连接在一起。总之，这种心理即便没有如我一般的境遇，一般人也会有几分潜藏，有据为证，比如那《狐唅》中的唱词，虽是孩子思念母亲的，但无论是"翻山越野为谁来"，还是"如今汝却舍我去"，似乎都是在诉说相爱男女的爱别离苦。想来这谣曲的作者，恐怕是有意含糊以求词意暧昧的。不管怎样，我不相信从第一次听到那个曲子开始自己心中想象的只有母亲一个人的幻影。我想那幻影既是母亲，又是妻子。所以自己年幼时心中的母亲形象，从来都不是年华老去的妇人，永远是年轻漂亮的女性。在那《马夫三吉》剧中出场的乳母重井是身穿华贵服饰，照料大名家小姐的美艳贵妇，自己梦见的母亲就是像三吉之母那样的女人，在那些梦中，自己还常常化身为三吉。

德川时代的狂言作者说不定头脑格外活络，善于迎合观众意识中潜在的微妙心理吧。《马夫三吉》等曲目，一个是贵族之女，一个是马夫之子，其间又安排了乳母或母亲的贵妇人角色，表面上描写的固然是母子之爱，但其底色暗示少年淡淡的恋情。至少在三吉看来，住在富丽堂皇的大名后宫中的小姐和母亲，可以说都是他思慕的对象。在《葛叶》剧中，表现的是父子二人以同样的心情憧憬一位母亲。但在这出剧里，少年的母亲乃是狐狸，这更使看剧的人想入非非。我就总是想：如果自己的母亲是剧中的狐狸该有多好啊！我不知有多么羡慕安倍童子呢。因为母亲如果是人类，我此生就没有希望与母亲相见了，若是狐狸变的话，它便有可能再次变成母亲出现在自己面前。凡是没有母亲的孩子，看了这出剧后，应该都会产生这样的向往。至于《千本樱》的"私奔"那场中，"母亲—狐狸—美女—恋人"这种联想就更紧密了。在这出剧里，母亲是狐，儿子也是狐。虽然把静与忠信狐写成主仆关系，但整场表演仍然让观众感觉就像一对恋人私奔。或许由于这个缘故，我最喜欢看这出舞剧，并把自己比作忠信狐，想象着它在母狐皮覆面的鼓声吸引下，穿行于吉野山的遍野樱云，循着静公主的足迹寻寻觅觅时的感受。我甚至想过，自己应该习舞，这样就有机会在发表会的舞台上扮演忠信狐这个角色了。

"但是还不只是这些呢。"

津村说到这里，眺望着对岸早早黑下来的摘菜里的森林，说道："其实，我这次真的是受到初音鼓的吸引而特意到吉野来的！"

说完，他那双公子哥特有的招人喜爱的眼睛里，露出令我捉摸不透的笑意。

其五　　国栖

下面我就转达一下津村的讲述吧。

如前面所述，津村对吉野这个地方怀有某种特殊的依恋，一方面是受《千本樱》影响，另一个原因是他早就听说母亲是大和人。至于母亲是从大和哪里嫁过来的，娘家如今何在等等，一直是个未解之谜。津村本想在祖母生前尽可能搞清楚母亲的身世，常常左问右问，无奈祖母说已经都忘记了，始终未得到像样的回答。去问了伯父伯母等亲属，匪夷所思的是也没人了解母亲的老家。说起来，津村家是世家，按常理，亲戚间应该上自两三代开始有往来。可实际上，母亲并不是从大和直接嫁过来的，而是从小被卖到大阪的烟花巷，在那里做了某户人家的养女后才出嫁的。因此户籍上的记载是"文久三年出生，明治十年，十五岁时从今桥三丁目的浦门喜十郎家嫁入津村家，明治二十四年，时年二十九岁亡故。"中学刚刚毕业的津村，关于母亲只知道这些。后来他渐渐明白，祖母和一些长辈亲戚之所以不给他讲母亲的情况，大概是因为母亲毕竟有过不光彩的出身，所以不想多谈吧。但是从津村的角度，他对自己的母亲曾是风尘中人这一事实并不觉得不名誉或不愉快，只会使他愈发思念母亲。更何况母亲出嫁时才十五岁，即便是盛行早婚的年代，母亲也不会在那种地方沾染多少污秽的，抑或尚未失去少女的纯真也未可知。恐怕正因如此，母亲才生下三个孩子。这位水灵灵的小新娘，被迎娶到夫家之后，想必也学习了作为世家主妇所应具备的各种教养。津村曾看过据说是母亲十七八岁手抄的琴曲练习账。那是将日本纸折为四折，用清秀的御家流①体写着一行行唱词，行间用红笔工整地写有琴谱。

后来，津村因去东京求学，自然就逐渐远离了家乡，但想了解母亲故乡的心情反而有增无已，甚至可以说他的青春时代是在对母亲的思慕中度过的。对街上擦肩而过的商家女、阔小姐、艺妓、女戏子等，他都涌起淡淡的好奇心。但真正引起他注意的，都是相貌与相片中的母亲有某种相似之处的女人。他舍弃学校生活返回大阪并不仅仅是顺从祖母的意愿，也是由于他被自己憧憬的地方——距离母亲的故乡尽可能近的、母亲度过其短暂一生中一半时光的岛内老家——所吸引的缘故。不管怎么说，母亲是关西女子，在东京的街头很难见到与其相似的女性，而在大阪却时不时可以遇到。遗憾的是，只听说母亲生长的地方是花街柳巷，却不清楚是何处花街。他为了追寻母亲的幻影，四处寻花问柳，出入酒肆茶楼。一来二去，由于他混迹青楼，处处留情，还得了个"玩家"之名。原本就只是因思念母亲而荒唐，所以他一次也未曾坠入情网，至今仍是童贞之身。

这样过了两三年后，祖母去世了。

事情发生在祖母去世后。这一天，津村打开仓库里小袖衣柜的

---

① 御家流：日本古人所创字体之一。

抽屉，打算收拾祖母的遗物时，发现像是祖母笔迹的信件之中夹着几张从未见过的旧证书和几封旧书信。那是母亲学徒时代同父亲之间的情书。此外还有像是家乡大和的亲家母写给母亲的信，以及有关琴、三弦、插花、茶道等的传授证书。情书中有父亲写的三封、母亲写的两封。虽说不过是些陶醉于初恋中的少年少女那些天真而浪漫的情话，但从中也能看出两人似乎偷偷约会过。尤其是母亲信中的"……妾本愚昧之人，却不顾君意，冒昧给你写信，还望体谅我心……"以及"得知君对妾一片深情，欣喜之情难以表述。妾亦当不顾及颜面，将身世以实相告……"等词句，虽然年仅十五岁的女孩子，行文还比较生涩，但措辞相当成熟，可见当时男女的早熟程度。从娘家来的信只有一封。收信人写的是"大阪市新町九轩粉川府上澄美亲启"，发信人为"大和国吉野郡国栖村洼垣内昆布助左卫门内"。信是这样开头的："儿来信尽阅，儿有这般孝心，甚是宽慰，遂即刻回复，使我儿放心。天气日渐寒冷，得知儿一切平安，生活无忧，父母亦甚感心安。你父亲母亲感谢上苍给我儿这般福气……"接下去是一些规诫女儿之语：要以对待双亲之心事主人礼；要刻苦习艺；不得贪欲他人之物；要虔诚向佛等等。

　　津村坐在仓库中落满灰尘的地板上，借着昏暗的光线反复读这封信。当他终于从信纸上抬起头时，天也黑了，于是他又把那封信带回书房去，在电灯下展开细看。看着那两寻①长的信纸，他眼前浮现出了那老媪的身影——大约三四十年前，在吉野郡国栖村某农户家里，一位老媪蜷缩在昏暗的行灯②旁，一边擦拭着昏花老眼里的眼屎，一边一笔一画地给女儿写信。既然是乡间老婆婆写的书信，信中的词语和假名写法难免有不少地方不够正确，但字写得却不笨拙，是地道御家流体，可见她并非是一般的庄户人。大概是生活上遇到了难处，才将女儿送出去换钱的。可惜的是，落款只有十二月十日，没写年号，我猜想这是她把女儿送到大阪后写的第一封信，然而字里行间已流露出对自己风烛残年之躯的愁绪，比如多次出现"此信是母亲遗言""纵然老身不在人世，亦要陪伴我儿，助儿得享荣华"等字句，并絮絮叨叨地告诫何事可为何事不可为。更有趣的是，在不可浪费纸张方面，老母也长言教诲道："此纸乃母与阿利所抄，务必贴身携带，珍惜使用。纵使儿生活无忧，亦不可浪费纸张。母与阿利抄纸时，手指皴裂，皮开肉绽，实在苦不堪言。"如此写有二十行之多。津村由此信得知，母亲的娘家曾经以抄纸为业，并弄清了母亲家族中有一位叫"阿利"的、可能是母亲的姐姐或妹妹的女子。此外还出现了一位叫"阿荣"的女性——信中有"阿荣日日去积雪山中挖葛，攒够路费钱好去探望我儿，望儿等待见面之日。"信的最后还有一首和歌："儿行千里母思念，远隔重重黑雁岭，只

---

① 寻：日本长度单位，明治五年规定，1寻约合1.8米。

② 行灯：方形纸罩座灯。

愿早日可相见。"

此歌中提到的黑雁岭这个地方，位于从大阪前往大和的路上。在没有火车的时代，人们必须翻过这个山岭。山顶有一座记不得是什么名字的寺院，是赏杜鹃鸟的有名场所。津村在中学时代去过一次。好像是六月间的一天，他趁天还未亮时爬上山顶，进寺内休息时，大约四五点拂晓时分，拉窗外刚刚开始发白，从后山一带突然响起了一声杜鹃鸣。继而，同一只杜鹃或是其他杜鹃连鸣了两三声，最后鸣声四起。津村见到这首和歌，突然感觉当时听着很普通的杜鹃鸣声是那样勾起人的思念，并且感到此鸟因古人把那鸣声比作故人亡魂而得名"蜀魂"或"不如归"的确是非常自然的联想。

不过，看了老婆婆的信，最让津村感到有奇缘的是另外一件事。那就是这位老妇——相当于他外祖母的人，在信中反复提到狐狸，例如"……今后每日清晨务去叩拜庙内稻荷仙与白狐命妇之进。如儿所知，只要尔父呼唤，狐每每招之即来。此乃心诚所致"，还有"……此次我儿洪福高照，正因蒙受白狐仙再度庇护之故。今后将倍加虔诚，日日祈祷，愿儿夫家府上福运绵长，无病无灾……"。由这些内容，他知道了外祖父母超乎寻常地笃信狐仙。信里所说的庙内稻荷仙，想必是外祖父母在住宅内建了小稻荷庙，日日加以供奉吧。至于那身为狐仙侍从的名叫"命妇之进"的白狐，想必也在那个庙附近挖穴而居吧。信里所谓"如儿所知，只要尔父呼唤，狐每每招之即来"，那白狐真的每闻外祖父召唤便从穴中现身呢，还是附体在外祖母或外祖父身上了，这不得而知，但可以推想，祖父可以随意呼唤白狐，而白狐又在暗中庇护这对老夫妇，主宰一家的命运。

津村果真将写有"此纸乃我与阿利所抄，务必贴身携带，珍惜使用"的这卷信纸时刻带在身上。倘若这封信起码是在明治十年以前，即母亲被卖到大阪后不久写来的，那么这纸张已经足足有三四十年了。尽管纸的颜色已变得像被文火烤过一般焦黄，但论其质地，纹理比现在的纸还要细密，毫无残破。津村对着日光细看其中交织的纤细柔韧的纤维，脑海中不由浮现外祖母的话"我与阿利抄纸之时，手指皲裂，皮开肉绽，实在苦不堪言"，仿佛感到这张犹如老人皮肤般的薄纸中，饱含着生养了母亲之人的心血。母亲在新町的艺妓馆内接到这信时，想必也像自己今天这样把它紧紧贴身珍藏。一想到这里，他更觉得这封"可闻古人衣袖香"的旧信，对他而言不啻是有着双重意义的贵重而古雅的遗物。

从那以后，津村便以这些书信为线索终于找到了母亲的娘家，这个过程我就不必详细交代了吧。无论怎么说，比当时还往前回溯三四十年的话，正是维新前后的动乱年代，因此无论是母亲卖身的新町九轩的粉川家，还是出嫁前一度入籍的今桥的浦门养父母家，如今都已无处寻觅，不知所踪了。至于在那典雅的证书上签名的茶道、插花、古琴、三弦等师傅，也大多后继无人。所以，他只凭着前面说过的那封信这一线索，直奔大和国吉野郡国栖村去寻找。这才是捷径，别无他途。于是，津村在祖母去世的那年冬天，做完百日佛事后，甚至没有将自己为何而去告知亲朋好友，便独自一人飘然踏上旅途，前往国栖村了。

他觉得，乡下与大阪不同，不会有多大变化，更何况那地方还是靠近深山老林的吉野郡的偏僻地带，比一般乡下还要乡下，因此，即便是贫苦的农家也不至于两三代人便没了踪影。于是，津村满怀热切的期望，在十二月一个晴朗的早晨从上市雇一辆人力车，沿着我们今天走过来的这条道路往国栖赶去。当他远远望见那朝思暮想的村庄时，首先吸引他的是在家家户户房檐下晾晒的纸张。就像渔民聚集的村镇晒紫菜那样，长方形的纸张平展，贴在木板上，立在地上，放眼看去仿佛雪白的纸张被散在街道两旁、山坡的层层梯田上似的，高低错落，在清冷的阳光照射下白晃晃、亮闪闪的。望着这景象，津村不由得热泪盈眶。这里就是自己祖先的土地。自己现在已经站在多年来魂牵梦萦的生母家乡的土地上了。这山村是那样的岁月悠长，母亲出生时看到的也同样是这般温馨平和的田园风光吧。无论是四十年前的昔日，还是昨日，在此处都是同样地迎来黎明，同样地送走黄昏。津村恍惚觉得自己来到了与"往昔"仅一墙之隔的地方。如果把眼睛闭上，须臾再睁开，说不定能够见到在那些篱笆院内和一群少女玩耍的母亲呢。

按照他最初的预想，因"昆布"是罕见之姓，即刻会打听出来。不料去名叫"洼垣内"的街道一看，那里姓"昆布"的人家比比皆是，很难查到要找的那家。没办法，他只好和车夫两人挨家挨户打听姓

164

"昆布"的住户。不料人们都说，名为"昆布助左卫门"之人，不知昔日如何，但今日没有听说过。最后，好不容易从粗点心铺里走出一位村老模样的人，站在房檐下指着在街道左边稍高一点台上的一个茅屋说："你要找的或许是那家吧。"津村便叫车夫在粗点心铺前等着，自己沿着一条偏离村道半町多远的坡路，朝那茅屋爬去。虽是个寒气袭人的清晨，但那里环绕山脚，是一个风吹不到又日照融融的地方。那儿一共有三四户人家，家家都有人在抄纸。往坡上走的津村，发觉坡上那些人家的年轻女子都停下手里的活儿，好奇地瞧着他这个当地少见的城里人打扮的年轻绅士一步步走上来。看样子抄纸是女孩子或媳妇们的活儿，在院子里抄纸的女人几乎都包着两边折角式样的头巾。

津村在那些纸张和令人身心清爽的女人们的注视中，走到了那户人家门前。看到名牌上写的是"昆布由松"，并没有"助左卫门"这个名字。上房右边有一间仓房样的小屋，里面的地板上有个十七八岁的少女正蹲着，将双手浸入淘米水样颜色的水中，不停地摇晃两下木筛子，再麻利地迅速捞起。当木筛子中的白浆沉淀到笼屉样的竹篦子底部，呈现出白纸状时，女孩子便将那纸一张张排列在木板上，接着又把木筛子浸入水中。由于小屋正面的板窗是打开的，津村站在一丛枯萎的野菊花围墙外面，朝里面窥看少女那麻利的抄纸动作。转眼间她已经抄了两三张纸。她虽苗条，可毕竟是农家女，身体壮实，骨骼粗大，个子高高的。她的脸颊健康而饱满，红扑扑、水灵灵的。最让津村动心的，还是她那双浸在白浆水里的手。看到这双手，他才明白老婆婆为何会在那封信里写"手指皲裂，皮肤绽开"了。但是她那因冷水而冻得红肿的、让人不忍心去看的手指，也表现出了妙龄少女不可遏止的青春活力。津村不由从中感到一种令人爱怜的美。

津村偶然一扭头，发现在正房左边的一角有一座古旧的稻荷庙。他不由自主地走进院墙里，一直走到一位在院内里晒纸的二十四五岁少妇面前——看样子她是这家的主妇。

主妇听津村说明来意后，由于太突然，半天没有反应过来。直到津村出示了那封旧信后，对方才渐渐明白过来似的，告诉他："我不了解这些，请您去见见老人家吧！"随即从正房里唤出一位六十岁左右的老婆婆。这位老人就是那信中提到的"阿利"，即相当于津村的大姨母的女人。

这位老婆婆在津村执着的询问下，很费力地往回倒着即将消失的记忆之线，蠕动着缺少牙齿的嘴巴，一点点地诉说起来。有些事她已经完全遗忘，回答不了，有的事情她觉得有可能记错，还有些是因为顾虑不想说，有的话前后矛盾，也有时虽然咕哝咕哝地在说话，却听不清她在说什么，无论津村怎样追问也不得要领。总之，对于她的回答，多半只能靠津村自己的想象来弥补。尽管如此，津村这样了解到的情况，也足以解开二十年来有关他母亲的谜团了。

虽然姨母说母亲被送去大阪大概是庆应年间的事，但姨母今年六十七岁，那么姨母那时是十四五岁，母亲十一二岁，所以毫无疑问，事情发生在明治以后。因此母亲才会在新町只干了两三年，最多四年左右就嫁到津村家了。从阿利姨母的口气判断，昆布家当时虽已是捉襟见肘，但毕竟是看重名声的世家，对外一直尽量隐瞒把女儿送到那种地方学艺的事。昆布家觉得这是女儿之耻，也是自家之耻的缘故吧，不仅在女儿学艺期间，在女儿嫁到不错的人家之后也都一直没有什么来往。再说，按当时的习惯，凡在花街柳巷里学艺的人，无论是艺妓，娼女，或是女招待，以及其他什么行当，一旦在卖身契上签字画押，便同家人一刀两断了。从此往后，女儿便作为"任人宰割的学徒"，无论是福是祸，其生身父母都无权过问。可是，根据姨母模糊的记忆，妹妹嫁到津村家以后，母亲好像到大阪去看过她一两次。回来后曾经以赞叹的口吻说，女儿已经成了大户人家的太太，享受着富贵生活呢。她还说女儿叫阿利姐姐也一定去大阪一趟。但阿利姨母觉得自己衣着寒酸，怎么可能去得了大城市，而妹妹也一次没回过娘家。因此，姨母到底也未能见到成人之后的妹妹。不久，妹夫去世，妹妹也去世了，姨母的双亲也离开了人世，从那以后同津村家就更没有来往了。

阿利姨母在称呼其胞妹——津村的母亲时，使用的是"您的母亲"这种烦琐的说法。这一方面是出于对津村的礼貌，另一方面也说不定是忘了妹妹的名字。当津村问到信中所说的"阿荣日日去积雪山中掘葛"中的阿荣时，阿利姨母说，阿荣是长女，次女是她本人，三女便是津村的母亲阿澄。但是由于某种原因，长女阿荣嫁了出去，而阿利招了上门女婿继承了家业。如今阿荣和阿利的丈夫都已亡故，户主已经是儿子由松这一代，刚才在院里跟津村说话的少妇就是由松的媳妇。按说阿利的母亲生前会多少保存一些有关女儿阿澄的证书信件，可如今已经经历了三代人，恐怕留不下什么东西了。阿利姨母说罢，突然想起什么似的，起身打开佛龛门，拿出一张摆放在灵牌旁边的相片给我看。这是母亲生命后期拍的、名片形式的半身像，津村的影集中也有这么一张翻拍的照片。

"对了，对了，您母亲的东西……"阿利姨母又想起什么似的补充说，"除了这张照片外，还有一把古琴。母亲说是大阪女儿的遗物，保管得很仔细。已经好久没拿出来看了，不知现在怎样了……"

姨母说兴许在二楼的储物间里，可以去找找看。津村为了看琴，便没有走，等待去田里干活的由松回来，并趁此工夫到附近吃了午饭。回来后，他也帮助年轻夫妇，把落满灰尘的一大件东西搬到了明亮的檐廊上。

不清楚这东西是如何传到这个家里来的。打开外面包裹的已经褪色的油纸，里面露出来的是一把带有漂亮泥金画的本间琴①，尽管旧了一点。除去"甲"的部分以外，那泥金画的图案几乎覆盖了整个琴体。两侧的"矶"上画的似乎是住吉山水。一侧是松林中搭配

---

① 本间琴：长约180厘米的日本古琴。

着牌坊和拱桥，另一侧是高挂的灯笼、探海斜松和海边波浪。从"海"到"龙角""四分六"这边，有无数海鸟在飞翔。"获布"部位、"柏叶"下边隐约可见五彩祥云和仙女飞天。由于桐木年代久远，木色发黑，使得这些泥金画及颜料愈加浸透着典雅、深邃的光泽，分外夺目。津村拂去油纸上的灰尘，重新细看那上面染的图案。用料大概是一种厚土布。正面上半边为红色打底，其间点缀白色重瓣梅花，下半边画的是中国古代美人坐在高楼上弹琴筝。小楼两侧的柱子上挂着一副对联："二十五弦弹月夜，不堪清怨却飞来"。其背面画的是月下人字形大雁阵，旁边可以看出两行字："堪比云路琴桥美，疑为大雁排成行。"

尽管如此，八重梅并不是津村家的家徽，也许是母亲的养父浦门家的，也说不定是新町艺妓馆的家徽。可能是母亲嫁到津村家后，就把用不着的那些青楼时期的所用物品送给娘家人了。还有一种可能，当时娘家这边有一个与母亲年纪相仿的少女，乡下的外祖母是为那个少女才收下的。此外还有可能是别人根据母亲的遗言，把她出嫁后仍长期留在岛内夫家的遗物送回故乡来的。不过，阿利姨母以及年轻夫妇都对那期间的情况一无所知。只是说，好像当时附有书信之类的东西，但现在已找不见了，只听说是"被送去大阪的人"送的东西。

此外，还有一个装附件的小桐木匣。里面装着琴马和琴甲。琴马是黑黢黢的硬木质地，每一个琴马上面都画有松竹梅泥金画。琴甲似乎用得相当久了，已经磨破了。津村对这些母亲那纤纤玉指可能戴过的琴甲感到不胜亲切，也把自己的小拇指伸进去试了试。儿时看见的仪态高雅的女子与检校在里间弹奏《狐唉》的画面，从他眼前一闪而过。那女子也许不是母亲，琴也并非这把琴，但母亲一定多次边弹这把古琴边唱过那支曲子。津村那时候就想到，可能的话，自己要把这个乐器修好，在母亲的忌辰时请一位名家弹奏《狐唉》曲。

院内的那座稻荷庙，是祖祖辈辈作为守护神来祭祀的，因此年轻夫妇也非常肯定这座就是信中提到的。当然，现在家里已没有人召唤狐狸了。由松小的时候，也常常听祖父讲起这方面的传说，但那"白狐命妇之进"已不知在哪一代就不再现身了。庙后面的米槠树树荫下，只剩下狐狸曾经住过的空穴。他们领着津村去那里看了看，如今只有一条稻草绳孤零零地挂在洞口。

上面交代的，是津村祖母去世那年的事情，也就是说，距离津村坐在宫瀑岩石上向我讲述的此时还要早两三年。在那期间，他给我的信中提到的"国栖的亲戚"，指的就是阿利姨母家。不管怎么说，既然阿利婆是津村的姨母，她家当然就是津村母亲的娘家。因此，从那以后，津村便重新同这家人开始走亲戚。不仅如此，他还在生计上给予资助，为姨母家加盖了厢房，并扩充了抄纸作坊。虽说只是不起眼的手工作坊，但托他的福，昆布家从此家业兴旺起来。

其六　　入波

"这么说来，你这次旅行的目的是……"

我们两个竟然没有注意到天色已暗下来，还坐在岩石上休息。当津村这段长长的故事告一段落时，我问他：

"你是不是找姨母有什么事呢？"

"对了，还有一件事忘记对你说了。"

尽管已是黄昏，暗得只能勉强分辨出急流不断撞击在下面岩石上的白沫，但是听他的语气，我还是能觉察到津村说这句话时脸上微微泛起了红晕。

"……就是我刚才不是说，我第一次站在姨母家墙外时，看见里边有个正在抄纸的十七八岁的姑娘吗？"

"嗯。"

"那个姑娘，其实是我的另一个姨母，已经去世的阿荣婆的孙女。那时候，她正好来昆布家帮忙。"

正如我的判断，津村的声音越来越有些难为情了。

"刚才我也说了，那个女孩是地道的农家姑娘，完全算不上漂亮。天那么冷，还在凉水里抄纸，手脚自然不纤细——粗糙得不得了。不过，也许是受了信中那句'手指皴裂，皮肤绽开'的暗示吧，第一眼看见那双浸泡在水中的、红通通的手时，我就情不自禁地喜欢上了那个姑娘。还有，总觉得她的面相长得好像同照片中的母亲有些相似。毕竟在农村长大，像个粗俗女佣也是没办法的事，可要是修饰修饰，说不定会更像母亲呢！"

"可也是。这么说，她就是你的'初音鼓'喽？"

"是啊，可以这么说吧……我想把那个姑娘娶过来，你觉得怎么样……"

津村告诉我，那个姑娘名叫和佐，是阿荣婆的女儿阿素嫁到柏木附近一户姓市田的农户人家后生下来的。可是由于家境不富裕，她念完普通小学，就被家里送到五条町去做了女学徒。她十七岁那年，因家中缺人手，便告假回来，此后一直帮家里干农活。到了冬天，田里没活儿的时候，就被打发到昆布家帮忙抄纸。今年她也差不多该来了，也许现在还没到。不过，比这更要紧的是，津村想先向阿利姨母和由松夫妇表明自己的这个心思，看他们的态度再决定是马上把她叫来，还是自己前去拜访。

"如此说来，我也有可能见到和佐小姐喽。"

"嗯。这次邀你同行，一方面也是想让你见见她，听听你的看法。毕竟我和她的境遇相差悬殊，就算娶了那位姑娘，日后是否真能生活幸福，我也不是没有担心——虽说我还是比较有信心的。"

无论怎样，我还是催促津村从石头上起了身，在宫瀑雇了辆人力车，赶往预定当晚投宿的国栖的昆布家。到达昆布家时，天已黑尽了。说到对阿利婆和她家人的印象，以及住宅样式、造纸作坊等，写起来过于冗长，而且前边已经介绍过了，我就不再啰唆。只说几点印象深的：一是那一带当时还没电灯，一家人都围着大火炉在煤油灯下聊天，典型的山里人家生活；二是炉中烧的是橡树、柞树、桑树等木头。据说由于桑木最耐烧，热感又柔和，人们总是喜欢塞很多桑木墩子进去，其奢侈程度远远超乎城里人想象，令人瞠目；三是火炉上方的房梁和棚顶被熊熊燃烧的火苗熏得如同涂了一层沥青油般黑亮黑亮的；最后就是晚饭桌上的熊野青花鱼异常好吃。听说这青花鱼捕自熊野浦，而后被穿在细竹叶上翻山越岭拿出来卖的，可是，经过途中五六天乃至一周时间，鱼自然就被风干成了鱼干，听说有时还会有狐狸把鱼身上的肉啃得精光。

　　翌日清晨，津村和我相商之后，决定暂时分头安排行程。津村为了自己那个重大目的去说服昆布家人从中撮合。而这段时间，我在这里恐怕多有妨碍，便预定用五六天时间，深入到吉野川发源地一带，为那部小说采风。第一天，从国栖出发，前往东川村凭吊后龟山天皇的皇子小仓宫之陵，然后经五社岭进入川上庄，到达柏木后住一宿。第二天，翻越伯母峰，在北山的庄河合住一宿。第三天，参拜自天王宫殿遗址——位于小橡的龙泉寺和山北宫陵寝等，登大台原山，在山中住一宿。第四天，经五色温泉探访三公峡谷，时间允许的话还想前去八蟠平、隐平，投宿樵夫的小木屋或走到入波后住店。第五天，从入波再回到柏木，于当天或翌日回国栖。我向昆布家的人问明地理位置和路线，大致拟定了这么个行程。而后，我和津村约好再见面的时间，祝他求亲成功便上了路。可是临出发前，津村又对我说，他自己也可能亲自前往和佐家求亲，为保险起见，叫我返回柏木时，顺路到和佐家看看他在不在那里，并告诉了我去她家怎么走。

我的旅行基本是按照日程推进的。跟人一打听，说是最近就连伯母峰顶的陡路也通了公共汽车，不用步行也能到纪州的木本了，和我当年旅行时相比，恍如隔世。那几天天公作美，得到的素材比预想的还多，前三天的旅途坎坷和劳顿都轻松地克服了。不过让我感到受不了的是进入三公谷之后。当然，去那里之前，我就常常听别人说起"那条峡谷可不是好玩的地方""什么？先生要到三公谷去？"，因此我已做足了精神准备。于是，第四天我把日程稍加变更，改在五色温泉住宿，请房东帮助找了个向导带路，翌日一大早就出发了。

道路沿着发源于大台原山的吉野川逶迤而下，走到吉野川同另一条溪水交汇处即被称为"二股"的附近时，路分为两条。一条直通入波，一条向右拐，由此进入三公谷。但是往入波去的大路自然可称为路，往右拐的这条充其量不过是茂密杉树林中的一条羊肠小道，窄得只能踩着前面人脚印走。头天晚上下过雨，二股川的河水猛涨，几乎被水淹没的独木桥时隐时现，我们只好踩在激流翻卷的一块块岩石上过桥，有时候不得不爬着往前走。二股川再往里去有一条和它并行的奥玉川，从那里穿过地藏河滩，方能最后到达三公川。这两条河之间的道路，紧贴着高达数丈的悬崖峭壁蜿蜒而去。

有的地方窄得只能侧着脚走，有的地方完全没有路，从对面悬崖到这边悬崖，或架一根圆木当作桥，或搭一块木板为道。这些圆木、木板在空中相连，沿着悬崖腰间迂回盘行。这样的险要山路，换作登山家当然是易如反掌，而我在中学时代机械体操就特别差劲，对单杠、木马更是怕得不行。但是，我那时毕竟还年轻，也没有现在这样胖，平地走个几十里不在话下。眼下这个鬼地方却要用四肢爬行，因此问题不在于腿脚是否有劲，而在于全身配合是否协调。想必我的脸色在那段路中肯定是一会儿白一会儿红的。老实说，若没有向导，我说不定早在二股川的独木桥那里就打退堂鼓了，只是在向导面前不好意思那么做。再者，一旦迈出一步之后，往后退和往前进都同样可怕，所以我只好硬着头皮颤抖着往前挪动双腿。

如此这般，尽管峡谷里秋色正浓，但我的眼睛须臾不敢离开脚下，就连时而在眼前飞起的小鸟振翅声都会吓我一跳，所以实在惭愧，我没有资格细细描述风景如何美。可我那位向导早已身经百战，只见他用山茶树叶代替烟袋锅，卷一卷烟丝，叼在口中，在这险路上行走如飞，一边指着远远的谷底，告诉我这是什么瀑，那是什么岩。

"那是贵人岩！"

走到一个地方，他告诉我。往前走了不远，又说：

"那是醉翁岩！"

我只是战战兢兢地望着谷底，并没看清哪个是醉翁岩，哪个是贵人岩。向导说："自古以来，凡是帝王住过的山谷里，就必定有叫作'贵人岩'和'醉翁岩'的。所以四五年前，从东京来了一位大人物——不知是学者、博士[①]，还是官员，反正是个了不起的人——特意来看这山谷的时候，也是我带的路。当时那位先生问我：'这里有叫作贵人岩的岩石吗？'我就指着那块石头说：'有的，有的。'接着他又问：'那么有叫作醉翁岩的岩石吗？'我就说：'有的，有的。'又指着那个石头给他看。他感慨地说：'是吗？果然是这样！那么说，这里肯定是自天王住过的地方了！'然后就回去了。"尽管向导给我讲了这么多，我还是没有弄清这奇妙岩石名的由来。

这位向导还知道其他很多传说。他说，从前，从京城来的追兵偷偷进入这一带的时候，怎么也找不到自天王住在哪里。他们一座山又一座山地搜寻，一天偶然走进了这道峡谷，无意中往河水里一看，发现从上游有黄金顺流而下，于是顺着黄金之流往上寻去，果然看到一座王宫。自天王将王宫迁到北山以后，每天早上都要去流经王宫门前的北山川岸边洗脸。可是他身边总是跟着两个替身武士，追兵分不清哪一位是自天王，便向一个经过那里的老太婆打听。老太婆告诉他们："那位从嘴里吐出白气的就是大王。"于是追兵突然袭击，取了大王的首级。而那个老太婆的后人，世世代代生的孩子都有残疾。

---

① 博士：明治初年，特指大学教授、国史编纂者、西洋书翻译、掌管疾病治疗的高级官吏。

那天下午一点，我走到了八幡平的小屋，一边吃便当，一边把那些传说记录在笔记本上。从八幡平到隐平，往返差不多有二十里地，这段路反而比我早上那条险路好走多了。不过，无论南朝的皇族多么想逃避世人，那个山谷也实在不方便。"逃难避深山，身倚柴扉望明月，心心念皇天。"这句北山宫殿下的和歌，想来应该不会是在那里吟诵的吧。总之，三公之地或许还是传说大于史实吧。

那天，我和导游在八幡平的山里借宿一晚，主人招待我们吃了兔子肉。第二天，又沿着来时的那条路返回二股川。和导游分手后，我独自一人来到入波，虽然听说从这里去柏木只有七八里地，但是早就听闻这河边有温泉，就下到河边去，打算泡个温泉。与二股川合流的吉野川的开阔河面上架着一座吊桥，我走过吊桥，就看到吊桥下面的河边有温泉冒着热气。但是，把手伸进去试了试，温乎乎的，跟太阳底下晒热的水差不多温度。有几个农家女在那温水里吭哧吭哧地洗白萝卜。

"不到夏天的话，这温泉泡不了。现在要想泡温泉的话，你看，要用那个浴盆装上水，再加热才行。"

农家女们指着扔在河滩上的铁炮浴盆①告诉我。

就在我扭头去看那个浴盆时，从吊桥上传来"喂——"的喊声。我抬头一看是津村走过来了，身后还跟着一个姑娘，大概就是和佐

---

① 铁炮浴盆：通过铁管加热的浴盆。

小姐吧。吊桥由于两个人的体重微微晃悠着，嘎达嘎达的木屐声回响在山谷间。

我计划写作的历史小说，最终由于资料过多而没有写成，但那时看到的桥上的和佐小姐，不用说即是现在的津村夫人。所以说，那次旅行，比起我来，还是津村的收获更大。